CLASSIQUES & CIE LYCÉE

Charles Baudelaire

Le Spleen de Paris (1869)

suivi d'une anthologie sur le poème en prose

Texte intégral suivi d'un dossier critique pour la préparation du bac français

Collection dirigée par
Johan Faerber

Édition annotée et commentée par
Alain Couprie
professeur émérite de l'université de Paris-Est

Hatier

Le Spleen de Paris
(Petits Poèmes en prose)

Anthologie sur le poème en prose

– ISBN 978-2-218-96667-5

Conception graphique de la maquette : c-album, Jean-Baptiste Taisne, Rachel Pfleger (texte) ; Lauriane Tiberghien (dossier) • Mise en pages : Chesteroc Ltd • Suivi éditorial : Anne-Sophie Demonchy.

REPÈRES CLÉS

POUR SITUER L'ŒUVRE

FICHES DE LECTURE

POUR APPROFONDIR SA LECTURE

THÈMES ET DOCUMENTS

POUR COMPARER

| THÈME 1 |

Les foules de Paris

| THÈME 2 |

Le spleen ou le mal de vivre

OBJECTIF BAC

POUR S'ENTRAÎNER

| SUJETS D'ÉCRIT |

| SUJETS D'ORAL |

| LECTURES DE L'IMAGE |

Le Spleen de Paris
(Petits Poèmes en prose)

À Arsène Houssaye[1]

Mon cher ami, je vous envoie un petit ouvrage dont on ne pourrait pas dire, sans injustice, qu'il n'a ni queue ni tête, puisque tout, au contraire, y est à la fois tête et queue, alternativement et réciproquement. Considérez, je vous prie, quelles admirables commodités cette combinaison[2] nous offre à tous, à vous, à moi et au lecteur. Nous pouvons couper où nous voulons, moi ma rêverie, vous le manuscrit, le lecteur sa lecture ; car je ne suspends pas la volonté rétive[3] de celui-ci au fil interminable d'une intrigue superfine. Enlevez une vertèbre, et les deux morceaux de cette tortueuse[4] fantaisie se rejoindront sans peine. Hachez-la en nombreux fragments, et vous verrez que chacun peut exister à part. Dans l'espérance que quelques-uns de ces tronçons[5] seront assez vivants pour vous plaire et vous amuser, j'ose vous dédier le serpent tout entier.

J'ai une petite confession à vous faire. C'est en feuilletant, pour la vingtième fois au moins, le fameux *Gaspard de la Nuit*,

---

1. Arsène Houssaye (1814-1896) : auteur de poèmes en prose et directeur littéraire des revues *La Presse* et *L'Artiste*, dans lesquelles Baudelaire a publié articles et poèmes.

2. Combinaison : organisation.

3. Rétive : rebelle.

4. Tortueuse : onduleuse.

5. Tronçons : poèmes.

d'Aloysius Bertrand[1] (un livre connu de vous, de moi et de quelques-uns de nos amis, n'a-t-il pas tous les droits à être appelé *fameux*[2] ?) que l'idée m'est venue de tenter quelque chose d'analogue, et d'appliquer à la description de la vie moderne, ou plutôt d'*une* vie moderne et plus abstraite, le procédé qu'il avait appliqué à la peinture de la vie ancienne, si étrangement pittoresque.

Quel est celui de nous qui n'a pas, dans ses jours d'ambition, rêvé le miracle d'une prose poétique, musicale sans rythme et sans rime, assez souple et assez heurtée pour s'adapter aux mouvements lyriques de l'âme, aux ondulations de la rêverie, aux soubresauts de la conscience ?

C'est surtout de la fréquentation des villes énormes, c'est du croisement de leurs innombrables rapports que naît cet idéal obsédant. Vous-même, mon cher ami, n'avez-vous pas tenté de traduire en une *chanson*[3] le cri strident du *Vitrier,* et d'exprimer dans une prose lyrique toutes les désolantes suggestions que ce cri envoie jusqu'aux mansardes, à travers les plus hautes brumes de la rue ?

Mais, pour dire le vrai, je crains que ma jalousie ne m'ait pas porté bonheur. Sitôt que j'eus commencé le travail, je m'aperçus que non seulement je restais bien loin de mon mystérieux et brillant modèle, mais encore que je faisais quelque chose (si cela peut s'appeler *quelque chose*) de singuliè-

1. Aloysius Bertrand : Louis Bertrand dit Aloysius Bertrand (1807-1841), considéré comme le premier auteur de poèmes en prose avec *Gaspard de la nuit, fantaisies à la manière de Rembrandt et de Collot*, publié un an après sa mort en 1842.

2. Fameux : connu et réputé.

3. Chanson : allusion à un poème en prose d'Arsène Houssaye, « La Chanson du vitrier » (1850).

rement différent, accident dont tout autre que moi s'enorgueillirait sans doute, mais qui ne peut qu'humilier profondément un esprit qui regarde comme le plus grand honneur du poète d'accomplir *juste* ce qu'il a projeté de faire.

Votre bien affectionné,
C. B.

1 L'ÉTRANGER

– Qui aimes-tu le mieux, homme énigmatique[1], dis ? ton père, ta mère, ta sœur ou ton frère ?

– Je n'ai ni père, ni mère, ni sœur, ni frère.

– Tes amis ?

– Vous vous servez là d'une parole dont le sens m'est resté jusqu'à ce jour inconnu.

– Ta patrie ?

– J'ignore sous quelle latitude elle est située.

– La beauté ?

– Je l'aimerais volontiers, déesse et immortelle.

– L'or ?

– Je le hais comme vous haïssez Dieu.

– Eh ! qu'aimes-tu donc, extraordinaire étranger ?

– J'aime les nuages... les nuages qui passent... là-bas... les merveilleux nuages !

2 LE DÉSESPOIR DE LA VIEILLE

La petite vieille ratatinée[2] se sentit toute réjouie en voyant ce joli enfant à qui chacun faisait fête, à qui tout le monde voulait plaire ; ce joli être, si fragile comme elle, la petite vieille, et, comme elle aussi, sans dents et sans cheveux.

---

1. Énigmatique : mystérieux.

2. Ratatinée : tassée par l'âge.

Et elle s'approcha de lui, voulant lui faire des risettes[1] et des mines agréables.

Mais l'enfant épouvanté se débattait sous les caresses de la bonne femme décrépite[2], et remplissait la maison de ses glapissements[3].

Alors la bonne vieille se retira dans sa solitude éternelle, et elle pleurait dans un coin, se disant : – « Ah ! pour nous, malheureuses vieilles femelles, l'âge est passé de plaire, même aux innocents ; et nous faisons horreur aux petits enfants que nous voulons aimer ! »

3 Le *Confiteor*[4] de l'artiste

Que les fins de journées d'automne sont pénétrantes ! Ah ! pénétrantes jusqu'à la douleur ! car il est de certaines sensations délicieuses dont le vague n'exclut pas l'intensité ; et il n'est pas de pointe plus acérée[5] que celle de l'Infini.

Grand délice que celui de noyer son regard dans l'immensité du ciel et de la mer ! Solitude, silence, incomparable chasteté de l'azur[6] ! une petite voile frissonnante à l'horizon, et qui par sa petitesse et son isolement imite mon irrémédiable existence, mélodie monotone de la houle, toutes ces choses pensent par moi, ou je pense par elles (car dans la grandeur de la rêverie, le *moi* se perd

1. **Risettes** : petits sourires.
2. **Décrépite** : usée par le grand âge.
3. **Glapissements** : cris aigus.
4. ***Confiteor*** : en latin, « je confesse », début d'une prière de la religion catholique par laquelle les fidèles reconnaissent qu'ils ont péché.
5. **Acérée** : aiguisée.
6. **Azur** : ciel infini.

vite !) ; elles pensent, dis-je, mais musicalement et pittoresquement, sans arguties[1], sans syllogismes[2], sans déductions.

Toutefois, ces pensées, qu'elles sortent de moi ou s'élancent des choses, deviennent bientôt trop intenses. L'énergie dans la volupté crée un malaise et une souffrance positive. Mes nerfs trop tendus ne donnent plus que des vibrations criardes[3] et douloureuses.

Et maintenant la profondeur du ciel me consterne ; sa limpidité m'exaspère. L'insensibilité de la mer, l'immuabilité[4] du spectacle, me révoltent… Ah ! faut-il éternellement souffrir, ou fuir éternellement le beau ? Nature, enchanteresse sans pitié, rivale toujours victorieuse, laisse-moi ! Cesse de tenter mes désirs et mon orgueil ! L'étude du beau est un duel où l'artiste crie de frayeur avant d'être vaincu.

4 Un plaisant

C'était l'explosion du nouvel an : chaos de boue et de neige, traversé de mille carrosses, étincelant de joujoux et de bonbons, grouillant de cupidités[5] et de désespoirs, délire[6] officiel d'une grande ville fait pour troubler le cerveau du solitaire le plus fort.

1. Arguties : subtilités de raisonnement.
2. Syllogismes : raisonnements déductifs rigoureux.
3. Criardes : désagréablement aigües.
4. Immuabilité : invariabilité, ce qui ne change pas.
5. Cupidités : convoitises, désirs avides.
6. Délire : frénésie, excitation.

Au milieu de ce tohu-bohu[1] et de ce vacarme, un âne trottait vivement, harcelé par un malotru[2] armé d'un fouet.

Comme l'âne allait tourner l'angle d'un trottoir, un beau monsieur ganté, verni, cruellement cravaté et emprisonné dans des habits tout neufs, s'inclina cérémonieusement devant l'humble bête, et lui dit, en ôtant son chapeau : « Je vous la souhaite bonne et heureuse ! » puis se retourna vers je ne sais quels camarades avec un air de fatuité[3], comme pour les prier d'ajouter leur approbation à son contentement.

L'âne ne vit pas ce beau plaisant, et continua de courir avec zèle où l'appelait son devoir.

Pour moi, je fus pris subitement d'une incommensurable rage contre ce magnifique imbécile, qui me parut concentrer en lui tout l'esprit de la France.

5 La chambre double

Une chambre qui ressemble à une rêverie, une chambre véritablement *spirituelle*[4], où l'atmosphère stagnante est légèrement teintée de rose et de bleu.

L'âme y prend un bain de paresse, aromatisé par le regret et le désir. – C'est quelque chose de crépusculaire, de bleuâtre et de rosâtre ; un rêve de volupté pendant une éclipse.

Les meubles ont des formes allongées, prostrées[5], alanguies[6]. Les meubles ont l'air de rêver ; on les dirait doués

1. Tohu-bohu : vacarme.
2. Malotru : grossier individu.
3. Fatuité : satisfaction, ridicule, de soi
4. Spirituelle : immatérielle, rêvée.
5. Prostrées : effondrées.
6. Alanguies : nonchalantes, langoureuses.

d'une vie somnambulique, comme le végétal et le minéral. Les étoffes parlent une langue muette, comme les fleurs, comme les ciels[1], comme les soleils couchants.

Sur les murs nulle abomination artistique. Relativement au rêve pur, à l'impression non analysée, l'art défini, l'art positif est un blasphème. Ici, tout a la suffisante clarté et la délicieuse obscurité de l'harmonie.

Une senteur infinitésimale[2] du choix le plus exquis, à laquelle se mêle une très légère humidité, nage dans cette atmosphère, où l'esprit sommeillant est bercé par des sensations de serre chaude.

La mousseline[3] pleut abondamment devant les fenêtres et devant le lit ; elle s'épanche en cascades neigeuses. Sur ce lit est couchée l'Idole, la souveraine des rêves. Mais comment est-elle ici ? Qui l'a amenée ? quel pouvoir magique l'a installée sur ce trône de rêverie et de volupté ? Qu'importe ? la voilà ! je la reconnais.

Voilà bien ces yeux dont la flamme traverse le crépuscule ; ces subtiles et terribles *mirettes*[4], que je reconnais à leur effrayante malice[5] ! Elles attirent, elles subjuguent, elles dévorent le regard de l'imprudent qui les contemple. Je les ai souvent étudiées, ces étoiles noires qui commandent la curiosité et l'admiration.

---

1. Ciels : écrit ainsi au pluriel le mot « ciels » désigne en peinture la partie des tableaux représentant le ciel, et en ameublement les baldaquins au-dessus des lits.

2. Infinitésimale : extrêmement petite.

3. Mousseline : tissu, blanc, fin et léger, de soie ou de laine.

4. Mirettes : yeux (langage familier).

5. Malice : méchanceté rieuse.

À quel démon bienveillant dois-je d'être ainsi entouré de mystère, de silence, de paix et de parfums ? Ô béatitude[1] ! ce que nous nommons généralement la vie, même dans son expansion la plus heureuse, n'a rien de commun avec cette vie suprême dont j'ai maintenant connaissance et que je savoure minute par minute, seconde par seconde !

Non ! il n'est plus de minutes, il n'est plus de secondes ! Le temps a disparu ; c'est l'Éternité qui règne, une éternité de délices !

Mais un coup terrible, lourd, a retenti à la porte, et, comme dans les rêves infernaux, il m'a semblé que je recevais un coup de pioche dans l'estomac.

Et puis un Spectre est entré. C'est un huissier qui vient me torturer au nom de la loi ; une infâme concubine qui vient crier misère et ajouter les trivialités[2] de sa vie aux douleurs de la mienne ; ou bien le saute-ruisseau[3] d'un directeur de journal qui réclame la suite du manuscrit.

La chambre paradisiaque, l'idole, la souveraine des rêves, la *Sylphide*[4], comme disait le grand René[5], toute cette magie a disparu au coup brutal frappé par le Spectre.

Horreur ! je me souviens ! je me souviens ! Oui ! ce taudis, ce séjour de l'éternel ennui, est bien le mien. Voici les meubles sots, poudreux, écornés ; la cheminée sans flamme et sans braise, souillée de crachats ; les tristes fenêtres où la pluie a tracé des sillons dans la poussière ; les manuscrits, raturés ou

1. **Béatitude** : bonheur extrême.
2. **Trivialités** : vulgarités.
3. **Saute-ruisseau** : jeune garçon effectuant des commissions.
4. **Sylphide** : créature féminine de rêve.
5. **Le grand René** : François-René de Chateaubriand (1768-1848), auteur de *René* (1802).

incomplets ; l'almanach[1] où le crayon a marqué les dates sinistres !

Et ce parfum d'un autre monde, dont je m'enivrais avec une sensibilité perfectionnée, hélas ! il est remplacé par une fétide[2] odeur de tabac mêlée à je ne sais quelle nauséabonde moisissure. On respire ici maintenant le ranci[3] de la désolation.

Dans ce monde étroit, mais si plein de dégoût, un seul objet connu me sourit : la fiole[4] de laudanum[5] ; une vieille et terrible amie ; comme toutes les amies, hélas ! féconde en caresses et en traîtrises.

Oh ! oui ! Le Temps a reparu ; Le Temps règne en souverain maintenant ; et avec le hideux vieillard est revenu tout son démoniaque[6] cortège de Souvenirs, de Regrets, de Spasmes, de Peurs, d'Angoisses, de Cauchemars, de Colères et de Névroses.

Je vous assure que les secondes maintenant sont fortement et solennellement accentuées, et chacune, en jaillissant de la pendule, dit : – « Je suis la Vie, l'insupportable, l'implacable Vie ! »

Il n'y a qu'une Seconde dans la vie humaine qui ait mission d'annoncer une bonne nouvelle, la *bonne nouvelle* qui cause à chacun une inexplicable peur.

---

1. **Almanach :** agenda, calendrier.
2. **Fétide :** malodorante.
3. **Ranci :** odeur forte et goût âcre d'un corps gras (beurre ou huile) trop longtemps conservé.
4. **Fiole :** flacon.
5. **Laudanum :** teinture alcoolique d'opium, à fort effet soporifique.
6. **Démoniaque :** infernal.

Oui ! le Temps règne ; il a repris sa brutale dictature. Et il me pousse, comme si j'étais un bœuf, avec son double aiguillon[1]. – « Et hue donc ! bourrique ! Sue donc, esclave ! Vis donc, damné ! »

6 Chacun sa chimère[2]

Sous un grand ciel gris, dans une grande plaine poudreuse, sans chemins, sans gazon, sans un chardon, sans une ortie, je rencontrai plusieurs hommes qui marchaient courbés.

Chacun d'eux portait sur son dos une énorme Chimère, aussi lourde qu'un sac de farine ou de charbon, ou le fourniment[3] d'un fantassin romain.

Mais la monstrueuse bête n'était pas un poids inerte[4] ; au contraire, elle enveloppait et opprimait l'homme de ses muscles élastiques et puissants ; elle s'agrafait avec ses deux vastes griffes à la poitrine de sa monture ; et sa tête fabuleuse surmontait le front de l'homme, comme un de ces casques horribles par lesquels les anciens guerriers espéraient ajouter à la terreur de l'ennemi.

Je questionnai l'un de ces hommes, et je lui demandai où ils allaient ainsi. Il me répondit qu'il n'en savait rien, ni lui, ni les autres ; mais qu'évidemment ils allaient quelque part,

1. Aiguillon : au sens propre, bâton, muni d'une pointe de fer, servant à piquer les « bœufs » pour les faire avancer ; l'expression « double aiguillon » désigne ici les deux aiguilles de l'horloge qui poussent l'homme vers la mort.

2. Chimère : au sens propre, animal mythologique monstrueux à tête de lion, ventre de chèvre et queue de dragon, crachant des flammes ; au sens figuré, songe, mirage. Baudelaire joue sur les deux sens du mot.

3. Fourniment : équipement.

4. Inerte : immobile.

puisqu'ils étaient poussés par un invincible[1] besoin de marcher.

Chose curieuse à noter : aucun de ces voyageurs n'avait l'air irrité contre la bête féroce suspendue à son cou et collée à son dos ; on eût dit[2] qu'il la considérait comme faisant partie de lui-même. Tous ces visages fatigués et sérieux ne témoignaient d'aucun désespoir ; sous la coupole spleenétique[3] du ciel, les pieds plongés dans la poussière d'un sol aussi désolé[4] que ce ciel, ils cheminaient avec la physionomie résignée de ceux qui sont condamnés à espérer toujours.

Et le cortège passa à côté de moi et s'enfonça dans l'atmosphère de l'horizon, à l'endroit où la surface arrondie de la planète se dérobe à la curiosité du regard humain.

Et pendant quelques instants je m'obstinai à vouloir comprendre ce mystère ; mais bientôt l'irrésistible Indifférence s'abattit sur moi, et j'en fus plus lourdement accablé qu'ils ne l'étaient eux-mêmes par leurs écrasantes Chimères.

7 LE FOU ET LA VÉNUS[5]

Quelle admirable journée ! Le vaste parc se pâme[6] sous l'œil brûlant du soleil, comme la jeunesse sous la domination de l'Amour.

---

1. Invincible : irrésistible.
2. On eût dit : on aurait dit.
3. Spleenétique : mélancolique.
4. Désolé : désert.
5. La Vénus : statue de Vénus, déesse la beauté et de l'amour.
6. Se pâme : s'extasie.

L'extase universelle des choses ne s'exprime par aucun bruit ; les eaux elles-mêmes sont comme endormies. Bien différente des fêtes humaines, c'est ici une orgie silencieuse.

On dirait qu'une lumière toujours croissante fait de plus en plus étinceler les objets ; que les fleurs excitées brûlent du désir de rivaliser avec l'azur du ciel par l'énergie de leurs couleurs, et que la chaleur, rendant visibles les parfums, les fait monter vers l'astre comme des fumées.

Cependant, dans cette jouissance universelle, j'ai aperçu un être affligé.

Aux pieds d'une colossale Vénus, un de ces fous artificiels, un de ces bouffons[1] volontaires chargés de faire rire les rois quand le Remords ou l'Ennui les obsède, affublé d'un costume éclatant et ridicule, coiffé de cornes et de sonnettes, tout ramassé contre le piédestal, lève des yeux pleins de larmes vers l'immortelle Déesse.

Et ses yeux disent : – « Je suis le dernier et le plus solitaire des humains, privé d'amour et d'amitié, et bien inférieur en cela au plus imparfait des animaux. Cependant je suis fait, moi aussi, pour comprendre et sentir l'immortelle Beauté ! Ah ! Déesse ! ayez pitié de ma tristesse et de mon délire ! »

Mais l'implacable Vénus regarde au loin je ne sais quoi avec ses yeux de marbre.

---

1. Bouffons : amuseurs jadis chargés de divertir le roi et sa cour par ses plaisanteries.

8 Le chien et le flacon

« – Mon beau chien, mon bon chien, mon cher toutou, approchez et venez respirer un excellent parfum acheté chez le meilleur parfumeur de la ville. »

Et le chien, en frétillant de la queue, ce qui est, je crois, chez ces pauvres êtres, le signe correspondant du rire et du sourire, s'approche et pose curieusement son nez humide sur le flacon débouché ; puis, reculant soudainement avec effroi, il aboie contre moi en manière de reproche.

« – Ah ! misérable chien, si je vous avais offert un paquet d'excréments, vous l'auriez flairé avec délices et peut-être dévoré. Ainsi, vous-même, indigne compagnon de ma triste vie, vous ressemblez au public, à qui il ne faut jamais présenter des parfums délicats qui l'exaspèrent, mais des ordures soigneusement choisies. »

9 Le mauvais vitrier

Il y a des natures purement contemplatives[1] et tout à fait impropres à l'action, qui cependant, sous une impulsion mystérieuse et inconnue, agissent quelquefois avec une rapidité dont elles se seraient crues elles-mêmes incapables.

Tel qui, craignant de trouver chez son concierge une nouvelle chagrinante, rôde lâchement une heure devant sa porte sans oser rentrer, tel qui garde quinze jours une lettre sans la décacheter, ou ne se résigne qu'au bout de six mois à opérer une démarche nécessaire depuis un an, se sentent

1. Contemplatives : portées à la méditation.

quelquefois brusquement précipités vers l'action par une force irrésistible, comme la flèche d'un arc. Le moraliste[1] et le médecin, qui prétendent tout savoir, ne peuvent pas expliquer d'où vient si subitement une si folle énergie à ces âmes paresseuses et voluptueuses, et comment, incapables d'accomplir les choses les plus simples et les plus nécessaires, elles trouvent à une certaine minute un courage de luxe pour exécuter les actes les plus absurdes et souvent même les plus dangereux.

Un de mes amis, le plus inoffensif rêveur qui ait existé, a mis une fois le feu à une forêt pour voir, disait-il, si le feu prenait avec autant de facilité qu'on l'affirme généralement. Dix fois de suite, l'expérience manqua ; mais, à la onzième, elle réussit beaucoup trop bien.

Un autre allumera un cigare à côté d'un tonneau de poudre, *pour voir, pour savoir, pour tenter la destinée,* pour se contraindre lui-même à faire preuve d'énergie, pour faire le joueur, pour connaître les plaisirs de l'anxiété, pour rien, par caprice, par désœuvrement.

C'est une espèce d'énergie qui jaillit de l'ennui et de la rêverie ; et ceux en qui elle se manifeste si opinément[2] sont, en général, comme je l'ai dit, les plus indolents[3] et les plus rêveurs des êtres.

Un autre, timide à ce point qu'il baisse les yeux même devant les regards des hommes, à ce point qu'il lui faut rassembler toute sa pauvre volonté pour entrer dans un café ou passer devant le bureau d'un théâtre, où les contrôleurs lui

1. Moraliste : auteur de réflexions sur les mœurs et la condition humaine.
2. Opinément : brusquement.
3. Les plus indolents : les plus apathiques, les plus nonchalants.

paraissent investis de la majesté de Minos, d'Éaque et de Rhadamanthe[1], sautera brusquement au cou d'un vieillard qui passe à côté de lui et l'embrassera avec enthousiasme devant la foule étonnée.

– Pourquoi ? Parce que… parce que cette physionomie lui était irrésistiblement sympathique ? Peut-être ; mais il est plus légitime de supposer que lui-même il ne sait pas pourquoi.

J'ai été plus d'une fois victime de ces crises et de ces élans, qui nous autorisent à croire que des Démons[2] malicieux se glissent en nous et nous font accomplir, à notre insu, leurs plus absurdes volontés.

Un matin je m'étais levé maussade, triste, fatigué d'oisiveté[3], et poussé, me semblait-il, à faire quelque chose de grand, une action d'éclat ; et j'ouvris la fenêtre, hélas !

(Observez, je vous prie, que l'esprit de mystification[4] qui, chez quelques personnes, n'est pas le résultat d'un travail ou d'une combinaison, mais d'une inspiration fortuite[5], participe beaucoup, ne fût-ce que par l'ardeur du désir, de cette humeur, hystérique[6] selon les médecins, satanique selon ceux qui pensent un peu mieux que les médecins, qui nous pousse sans résistance vers une foule d'actions dangereuses ou inconvenantes.)

La première personne que j'aperçus dans la rue, ce fut un vitrier dont le cri perçant, discordant, monta jusqu'à moi

1. Minos, Éaque et Rhadamante : les trois juges des Enfers dans la mythologie grecque.

2. Démons : diables.

3. Oisiveté : désœuvrement, inaction.

4. Mystification : mensonge, tromperie.

5. Fortuite : imprévue.

6. Hystérique : nerveusement agitée.

à travers la lourde et sale atmosphère parisienne. Il me serait d'ailleurs impossible de dire pourquoi je fus pris à l'égard de ce pauvre homme d'une haine aussi soudaine que despotique[1].

« – Hé ! hé ! » et je lui criai de monter. Cependant je réfléchissais, non sans quelque gaieté, que, la chambre étant au sixième étage et l'escalier fort étroit, l'homme devait éprouver quelque peine à opérer son ascension et accrocher en maint endroit les angles de sa fragile marchandise.

Enfin il parut : j'examinai curieusement toutes ses vitres, et je lui dis : « – Comment ? vous n'avez pas de verres de couleur ? des verres roses, rouges, bleus, des vitres magiques, des vitres de paradis ? Impudent[2] que vous êtes ! vous osez vous promener dans des quartiers pauvres, et vous n'avez pas même de vitres qui fassent voir la vie en beau ! » Et je le poussai vivement vers l'escalier, où il trébucha en grognant.

Je m'approchai du balcon et je me saisis d'un petit pot de fleurs, et quand l'homme reparut au débouché de la porte, je laissai tomber perpendiculairement mon engin de guerre[3] sur le rebord postérieur de ses crochets[4] ; et le choc le renversant, il acheva de briser sous son dos toute sa pauvre fortune ambulatoire[5] qui rendit le bruit éclatant d'un palais de cristal crevé par la foudre.

Et, ivre de ma folie, je lui criai furieusement : « La vie en beau ! la vie en beau ! »

---

1. Despotique : tyrannique, absolue.

2. Impudent : effronté, insolent.

3. L'« engin de guerre » dont se sert le narrateur est le pot de fleurs.

4. Crochets : sens ancien du mot désignant au pluriel le châssis de bois porté sur le dos pour transporter de lourdes marchandises.

5. Ambulatoire : que le vitrier promène avec lui, sur son dos.

Ces plaisanteries nerveuses ne sont pas sans péril, et on peut souvent les payer cher. Mais qu'importe l'éternité de la damnation[1] à qui a trouvé dans une seconde l'infini de la jouissance ?

10 À UNE HEURE DU MATIN

Enfin ! seul ! On n'entend plus que le roulement de quelques fiacres[2] attardés et éreintés. Pendant quelques heures, nous posséderons le silence, sinon le repos. Enfin ! la tyrannie de la face humaine a disparu, et je ne souffrirai plus que par moi-même.

Enfin ! il m'est donc permis de me délasser dans un bain de ténèbres ! D'abord, un double tour à la serrure. Il me semble que ce tour de clef augmentera ma solitude et fortifiera les barricades qui me séparent actuellement du monde.

Horrible vie ! Horrible ville ! Récapitulons la journée : avoir vu plusieurs hommes de lettres, dont l'un m'a demandé si l'on pouvait aller en Russie par voie de terre (il prenait sans doute la Russie pour une île) ; avoir disputé[3] généreusement contre le directeur d'une revue, qui à chaque objection répondait : « – C'est ici le parti des honnêtes gens », ce qui implique que tous les autres journaux sont rédigés par des coquins ; avoir salué une vingtaine de personnes, dont quinze me sont inconnues ; avoir distribué des poignées de main dans la même proportion, et cela sans avoir pris la précaution d'acheter des gants ; être monté pour tuer le temps, pendant

1. **Damnation** : condamnation à l'Enfer.
2. **Fiacres** : voitures à cheval qu'on louait à la course ou à l'heure.
3. **Avoir disputé** : avoir discuté, débattu.

une averse, chez une sauteuse[1] qui m'a prié de lui dessiner un costume de *Vénustre*[2] ; avoir fait ma cour à un directeur de théâtre, qui m'a dit en me congédiant : « – Vous feriez peut-être bien de vous adresser à Z... ; c'est le plus lourd, le plus sot et le plus célèbre de tous mes auteurs, avec lui vous pourriez peut-être aboutir à quelque chose. Voyez-le, et puis nous verrons » ; m'être vanté (pourquoi ?) de plusieurs vilaines actions que je n'ai jamais commises, et avoir lâchement nié quelques autres méfaits que j'ai accomplis avec joie, délit de fanfaronnade, crime de respect humain ; avoir refusé à un ami un service facile, et donné une recommandation écrite à un parfait drôle ; ouf ! est-ce bien fini ?

Mécontent de tous et mécontent de moi, je voudrais bien me racheter et m'enorgueillir un peu dans le silence et la solitude de la nuit. Âmes de ceux que j'ai aimés, âmes de ceux que j'ai chantés, fortifiez-moi, soutenez-moi, éloignez de moi le mensonge et les vapeurs corruptrices du monde, et vous, Seigneur mon Dieu ! accordez-moi la grâce de produire quelques beaux vers qui me prouvent à moi-même que je ne suis pas le dernier des hommes, que je ne suis pas inférieur à ceux que je méprise !

11 La femme sauvage et la petite-maîtresse[3]

« Vraiment, ma chère, vous me fatiguez sans mesure et sans pitié ; on dirait, à vous entendre soupirer, que vous souffrez

1. Sauteuse : femme aux mœurs légères.
2. Vénustre : déformation du mot « Vénus », déesse de l'amour.
3. Petite-maîtresse : jeune femme élégante un peu snob.

plus que les glaneuses sexagénaires[1] et que les vieilles mendiantes qui ramassent des croûtes de pain à la porte des cabarets.

« Si au moins vos soupirs exprimaient le remords, ils vous feraient quelque honneur ; mais ils ne traduisent que la satiété[2] du bien-être et l'accablement du repos. Et puis, vous ne cessez de vous répandre en paroles inutiles : « Aimez-moi bien ! j'en ai tant besoin ! Consolez-moi par-ci, caressez-moi par-là ! » Tenez, je veux essayer de vous guérir ; nous en trouverons peut-être le moyen, pour deux sols[3], au milieu d'une fête, et sans aller bien loin.

« Considérons bien, je vous prie, cette solide cage de fer derrière laquelle s'agite, hurlant comme un damné, secouant les barreaux comme un orang-outang exaspéré par l'exil, imitant, dans la perfection, tantôt les bonds circulaires du tigre, tantôt les dandinements[4] stupides de l'ours blanc, ce monstre poilu dont la forme imite assez vaguement la vôtre.

« Ce monstre est un de ces animaux qu'on appelle généralement « mon ange ! » c'est-à-dire une femme. L'autre monstre, celui qui crie à tue-tête, un bâton à la main, est un mari. Il a enchaîné sa femme légitime comme une bête, et il la montre dans les faubourgs, les jours de foire, avec permission des magistrats, cela va sans dire.

« Faites bien attention ! Voyez avec quelle voracité (non simulée peut-être !) elle déchire des lapins vivants et des

---

1. Glaneuses sexagénaires : femmes de soixante ans qui, pour vivre, ramassent les épis qui restent dans les champs après la moisson, ou les pommes de terre après la récolte.

2. Satiété : fait d'être rassasié.

3. Deux sols : deux sous.

4. Dandinements : balancements de droite à gauche.

volailles piaillantes[1] que lui jette son cornac[2]. « Allons, dit-il, il ne faut pas manger tout son bien en un jour », et, sur cette sage parole, il lui arrache cruellement la proie, dont les boyaux dévidés restent un instant accrochés aux dents de la bête féroce, de la femme, veux-je dire.

« Allons ! un bon coup de bâton pour la calmer ! car elle darde[3] des yeux terribles de convoitise sur la nourriture enlevée. Grand Dieu ! le bâton n'est pas un bâton de comédie, avez-vous entendu résonner la chair, malgré le poil postiche[4] ? Aussi les yeux lui sortent maintenant de la tête, elle hurle *plus naturellement.* Dans sa rage, elle étincelle tout entière, comme le fer qu'on bat.

« Telles sont les mœurs conjugales de ces deux descendants d'Ève et d'Adam, ces œuvres de vos mains, ô mon Dieu ! Cette femme est incontestablement malheureuse, quoique après tout, peut-être, les jouissances titillantes[5] de la gloire ne lui soient pas inconnues. Il y a des malheurs plus irrémédiables, et sans compensation. Mais dans le monde où elle a été jetée, elle n'a jamais pu croire que la femme méritât une autre destinée.

« Maintenant, à nous deux, chère précieuse ! À voir les enfers dont le monde est peuplé, que voulez-vous que je pense de votre joli enfer, vous qui ne reposez que sur des étoffes aussi douces que votre peau, qui ne mangez que de la viande cuite, et pour qui un domestique habile prend soin de découper les morceaux ?

1. Volailles piaillantes : volailles poussant des cris aigus.
2. Cornac : celui qui soigne et conduit un éléphant.
3. Elle darde : elle jette.
4. Poil postiche : faux poils.
5. Titillantes : chatouillantes.

« Et que peuvent signifier pour moi tous ces petits soupirs qui gonflent votre poitrine parfumée, robuste coquette ? Et toutes ces affectations[1] apprises dans les livres, et cette infatigable mélancolie, faite pour inspirer au spectateur un tout autre sentiment que la pitié ? En vérité, il me prend quelquefois envie de vous apprendre ce que c'est que le vrai malheur.

« À vous voir ainsi, ma belle délicate, les pieds dans la fange[2] et les yeux tournés vaporeusement vers le ciel, comme pour lui demander un roi, on dirait vraisemblablement une jeune grenouille qui invoquerait l'idéal. Si vous méprisez le soliveau[3] (ce que je suis maintenant, comme vous savez bien), gare la grue[4] *qui vous croquera, vous gobera et vous tuera à son plaisir !*

« Tant poète que je sois, je ne suis pas aussi dupe que vous voudriez le croire, et si vous me fatiguez trop souvent de vos *précieuses*[5] pleurnicheries, je vous traiterai en *femme sauvage,* ou je vous jetterai par la fenêtre, comme une bouteille vide. »

12 Les foules

Il n'est pas donné à chacun de prendre un bain de multitude : jouir de la foule est un art ; et celui-là seul peut faire, aux dépens du genre humain, une ribote[6] de vitalité, à qui une fée a insufflé dans son berceau le goût du travestissement et du masque, la haine du domicile et la passion du voyage.

1. Affectations : poses.
2. Fange : boue.
3. Soliveau : homme nonchalant, faible et sans caractère.
4. Grue : grand oiseau échassier.
5. Précieuses : maniérées.
6. Ribote : orgie.

Multitude, solitude : termes égaux et convertibles pour le poète actif et fécond. Qui ne sait pas peupler sa solitude, ne sait pas non plus être seul dans une foule affairée.

Le poète jouit de cet incomparable privilège, qu'il peut à sa guise être lui-même et autrui. Comme ces âmes errantes qui cherchent un corps, il entre, quand il veut, dans le personnage de chacun. Pour lui seul, tout est vacant[1] ; et si de certaines places paraissent lui êtres fermées, c'est qu'à ses yeux elles ne valent pas la peine d'être visitées.

Le promeneur solitaire et pensif tire une singulière ivresse de cette universelle communion. Celui-là qui épouse facilement la foule connaît des jouissances fiévreuses, dont seront éternellement privés l'égoïste, fermé comme un coffre, et le paresseux, interné comme un mollusque. Il adopte comme siennes toutes les professions, toutes les joies et toutes les misères que la circonstance lui présente.

Ce que les hommes nomment amour est bien petit, bien restreint et bien faible, comparé à cette ineffable[2] orgie, à cette sainte prostitution de l'âme qui se donne tout entière, poésie et charité, à l'imprévu qui se montre, à l'inconnu qui passe.

Il est bon d'apprendre quelquefois aux heureux de ce monde, ne fût-ce que pour humilier un instant leur sot orgueil, qu'il est des bonheurs supérieurs au leur, plus vastes et plus raffinés. Les fondateurs de colonies, les pasteurs[3] de peuples, les prêtres missionnaires exilés au bout du monde, connaissent sans doute quelque chose de ces mystérieuses

1. Vacant : vide.

2. Ineffable : indicible, qui ne peut être exprimée.

3. Pasteurs : conducteurs.

ivresses ; et, au sein de la vaste famille que leur génie s'est faite, ils doivent rire quelquefois de ceux qui les plaignent pour leur fortune[1] si agitée et pour leur vie si chaste.

13 Les veuves

Vauvenargues[2] dit que dans les jardins publics il est des allées hantées principalement par l'ambition déçue, par les inventeurs malheureux, par les gloires avortées, par les cœurs brisés, par toutes ces âmes tumultueuses[3] et fermées, en qui grondent encore les derniers soupirs d'un orage, et qui reculent loin du regard insolent des joyeux et des oisifs[4]. Ces retraites ombreuses sont les rendez-vous des éclopés de la vie.

C'est surtout vers ces lieux que le poète et le philosophe aiment diriger leurs avides conjectures[5]. Il y a là une pâture certaine. Car s'il est une place qu'ils dédaignent de visiter, comme je l'insinuais tout à l'heure, c'est surtout la joie des riches. Cette turbulence dans le vide n'a rien qui les attire. Au contraire, ils se sentent irrésistiblement entraînés vers tout ce qui est faible, ruiné, contristé[6], orphelin.

Un œil expérimenté ne s'y trompe jamais. Dans ces traits rigides ou abattus, dans ces yeux caves[7] et ternes, ou brillants des derniers éclairs de la lutte, dans ces rides profondes et

1. Fortune : sort, conditions de vie.

2. Vauvenargues : Luc de Clapiers, marquis de Vauvenargues (1715-1747), moraliste, auteur des *Caractères* et des *Maximes et Réflexions sur divers sujets* (1746).

3. Tumultueuses : agitées, bouillonnantes.

4. Oisifs : inactifs, qui ne travaillent pas.

5. Conjectures : suppositions, hypothèses.

6. Contristé : affligé.

7. Caves : enfoncés.

nombreuses, dans ces démarches si lentes ou si saccadées, il déchiffre tout de suite les innombrables légendes de l'amour trompé, du dévouement méconnu, des efforts non récompensés, de la faim et du froid humblement, silencieusement supportés.

Avez-vous quelquefois aperçu des veuves sur ces bancs solitaires, des veuves pauvres ? Qu'elles soient en deuil ou non, il est facile de les reconnaître. D'ailleurs il y a toujours dans le deuil du pauvre quelque chose qui manque, une absence d'harmonie qui le rend plus navrant. Il est contraint de lésiner[1] sur sa douleur. Le riche porte la sienne au grand complet.

Quelle est la veuve la plus triste et la plus attristante, celle qui traîne à sa main un bambin avec qui elle ne peut pas partager sa rêverie, ou celle qui est tout à fait seule ? Je ne sais… Il m'est arrivé une fois de suivre pendant de longues heures une vieille affligée de cette espèce ; celle-là roide[2], droite, sous un petit châle usé, portait dans tout son être une fierté de stoïcienne[3].

Elle était évidemment condamnée, par une absolue solitude, à des habitudes de vieux célibataire, et le caractère masculin de ses mœurs ajoutait un piquant mystérieux à leur austérité[4]. Je ne sais dans quel misérable café et de quelle façon elle déjeuna. Je la suivis au cabinet de lecture[5] ; et je l'épiai

1. Lésiner : rogner.

2. Roide : vieille orthographe pour « raide ».

3. Stoïcienne : ferme et courageuse comme le préconise la philosophie du stoïcisme.

4. Austérité : sévérité.

5. Cabinet de lecture : bibliothèque publique.

longtemps pendant qu'elle cherchait dans les gazettes[1], avec des yeux actifs, jadis brûlés par les larmes, des nouvelles d'un intérêt puissant et personnel.

Enfin, dans l'après-midi, sous un ciel d'automne charmant, un de ces ciels[2] d'où descendent en foule les regrets et les souvenirs, elle s'assit à l'écart dans un jardin, pour entendre, loin de la foule, un de ces concerts dont la musique des régiments gratifie le peuple parisien.

C'était sans doute là la petite débauche de cette vieille innocente (ou de cette vieille purifiée), la consolation bien gagnée d'une de ces lourdes journées sans ami, sans causerie, sans joie, sans confident, que Dieu laissait tomber sur elle, depuis bien des ans peut-être ! trois cent soixante-cinq fois par an.

Une autre encore :

Je ne puis jamais m'empêcher de jeter un regard, sinon universellement sympathique, au moins curieux, sur la foule de parias[3] qui se pressent autour de l'enceinte d'un concert public. L'orchestre jette à travers la nuit des chants de fête, de triomphe ou de volupté. Les robes traînent en miroitant ; les regards se croisent ; les oisifs[4], fatigués de n'avoir rien fait, se dandinent, feignant[5] de déguster indolemment la musique. Ici rien que dew riche, d'heureux ; rien qui ne respire et n'inspire l'insouciance et le plaisir de se laisser vivre ; rien, excepté

1. **Gazettes :** journaux.
2. **Ciels :** écrit ainsi au pluriel le mot « ciels » désigne en peinture la partie des tableaux représentant le ciel.
3. **Parias :** marginaux exclus de la société.
4. **Oisifs :** inactifs.
5. **Feignant :** faisant semblant.

l'aspect de cette tourbe[1] qui s'appuie là-bas sur la barrière extérieure, attrapant gratis, au gré du vent, un lambeau de musique, et regardant l'étincelante fournaise intérieure.

C'est toujours chose intéressante que ce reflet de la joie du riche au fond de l'œil du pauvre. Mais ce jour-là, à travers ce peuple vêtu de blouses et d'indienne[2], j'aperçus un être dont la noblesse faisait un éclatant contraste avec toute la trivialité[3] environnante.

C'était une femme grande, majestueuse, et si noble dans tout son air, que je n'ai pas souvenir d'avoir vu sa pareille dans les collections des aristocratiques beautés du passé. Un parfum de hautaine vertu émanait de toute sa personne. Son visage, triste et amaigri, était en parfaite accordance[4] avec le grand deuil dont elle était revêtue. Elle aussi, comme la plèbe[5] à laquelle elle s'était mêlée et qu'elle ne voyait pas, elle regardait le monde lumineux avec un œil profond, et elle écoutait en hochant doucement la tête.

Singulière vision ! « À coup sûr, me dis-je, cette pauvreté-là, si pauvreté il y a, ne doit pas admettre l'économie sordide[6] ; un si noble visage m'en répond. Pourquoi donc reste-t-elle volontairement dans un milieu où elle fait une tache si éclatante ? »

Mais en passant curieusement auprès d'elle, je crus en deviner la raison. La grande veuve tenait par la main un enfant comme elle vêtu de noir ; si modique que fût le prix d'entrée,

1. Tourbe : populace.
2. Indienne : toile de coton colorée.
3. Trivialité : vulgarité.
4. En parfaite accordance : en parfait accord.
5. Plèbe : populace.
6. Sordide : honteuse et ignoble.

ce prix suffisait peut-être pour payer un des besoins du petit être, mieux encore, une superfluité[1], un jouet.

Et elle sera rentrée à pied, méditant et rêvant, seule, toujours seule; car l'enfant est turbulent, égoïste, sans douceur et sans patience; et il ne peut même pas, comme le pur animal, comme le chien et le chat, servir de confident aux douleurs solitaires.

14 Le vieux saltimbanque

Partout s'étalait, se répandait, s'ébaudissait[2] le peuple en vacances. C'était une de ces solennités[3] sur lesquelles, pendant un long temps, comptent les saltimbanques, les faiseurs de tours, les montreurs d'animaux et les boutiquiers ambulants, pour compenser les mauvais temps de l'année.

En ces jours-là, il me semble que le peuple oublie tout, la douleur et le travail; il devient pareil aux enfants. Pour les petits, c'est un jour de congé, c'est l'horreur de l'école renvoyée à vingt-quatre heures. Pour les grands, c'est un armistice conclu avec les puissances malfaisantes de la vie, un répit dans la contention[4] et la lutte universelles.

L'homme du monde lui-même et l'homme occupé de travaux spirituels[5] échappent difficilement à l'influence de ce jubilé[6] populaire. Ils absorbent, sans le vouloir, leur part de

1. **Superfluité**: superflu, ce qui n'est pas strictement nécessaire.
2. **S'ébaudissait**: se réjouissait.
3. **Solennités**: jours de fête importante.
4. **Contention**: effort et concentration intenses.
5. **Spirituels**: intellectuels.
6. **Jubilé**: fête célébrée tous les cinquante ans, donc très importante; par extension, comme ici, grande fête.

cette atmosphère d'insouciance. Pour moi, je ne manque jamais, en vrai Parisien, de passer la revue de toutes les baraques qui se pavanent[1] à ces époques solennelles.

Elles se faisaient, en vérité, une concurrence formidable : elles piaillaient, beuglaient, hurlaient. C'était un mélange de cris, de détonations de cuivre[2] et d'explosions de fusées. Les queues-rouges[3] et les Jocrisses[4] convulsaient[5] les traits de leurs visages basanés, racornis par le vent, la pluie et le soleil ; ils lançaient, avec l'aplomb[6] des comédiens sûrs de leurs effets, des bons mots et des plaisanteries d'un comique solide et lourd comme celui de Molière. Les Hercules[7], fiers de l'énormité de leurs membres, sans front et sans crâne, comme les orangs-outangs, se prélassaient majestueusement sous les maillots lavés la veille pour la circonstance. Les danseuses, belles comme des fées ou des princesses, sautaient et cabriolaient sous le feu des lanternes qui remplissaient leurs jupes d'étincelles.

Tout n'était que lumière, poussière, cris, joie, tumulte ; les uns dépensaient, les autres gagnaient, les uns et les autres également joyeux. Les enfants se suspendaient aux jupons de leurs mères pour obtenir quelque bâton de sucre, ou montaient sur les épaules de leurs pères pour mieux voir un escamoteur[8] éblouissant comme un dieu. Et partout circulait,

1. Se pavanent : se dressent fièrement.
2. Cuivre : instrument de musique en cuivre, comme le clairon ou la trompette.
3. Queues-rouges : amuseurs publics portant une perruque dont la queue est nouée par un ruban rouge.
4. Jocrisses : benêts ridicules.
5. Convulsaient : agitaient et tordaient.
6. Avec l'aplomb : avec l'assurance.
7. Hercules : colosses de foire, forts comme le dieu Hercule.
8. Escamoteur : illusionniste.

dominant tous les parfums, une odeur de friture qui était comme l'encens de cette fête.

Au bout, à l'extrême bout de la rangée de baraques, comme si, honteux, il s'était exilé lui-même de toutes ces splendeurs, je vis un pauvre saltimbanque, voûté, caduc[1], décrépit, une ruine d'homme, adossé contre un des poteaux de sa cahute[2] ; une cahute plus misérable que celle du sauvage le plus abruti, et dont deux bouts de chandelles, coulants et fumants, éclairaient trop bien encore la détresse.

Partout la joie, le gain, la débauche ; partout la certitude du pain pour les lendemains ; partout l'explosion frénétique[3] de la vitalité. Ici la misère absolue, la misère affublée, pour comble d'horreur, de haillons comiques, où la nécessité, bien plus que l'art, avait introduit le contraste. Il ne riait pas, le misérable ! Il ne pleurait pas, il ne dansait pas, il ne gesticulait pas, il ne criait pas ; il ne chantait aucune chanson, ni gaie ni lamentable, il n'implorait pas. Il était muet et immobile. Il avait renoncé, il avait abdiqué[4]. Sa destinée était faite.

Mais quel regard profond, inoubliable, il promenait sur la foule et les lumières, dont le flot mouvant s'arrêtait à quelques pas de sa répulsive[5] misère ! Je sentis ma gorge serrée par la main terrible de l'hystérie[6], et il me sembla que mes regards étaient offusqués par ces larmes rebelles qui ne veulent pas tomber.

---

1. Caduc : affaibli.

2. Cahute : petite cabane.

3. Frénétique : enthousiaste.

4. Abdiqué : définitivement renoncé (parce qu'il s'avouait dépassé, vaincu).

5. Répulsive : repoussante.

6. Hystérie : nervosité.

Que faire ? À quoi bon demander à l'infortuné quelle curiosité, quelle merveille il avait à montrer dans ces ténèbres puantes, derrière son rideau déchiqueté ? En vérité, je n'osais ; et, dût la raison de ma timidité vous faire rire[1], j'avouerai que je craignais de l'humilier. Enfin, je venais de me résoudre à déposer en passant quelque argent sur une de ses planches, espérant qu'il devinerait mon intention, quand un grand reflux[2] de peuple, causé par je ne sais quel trouble, m'entraîna loin de lui.

Et, m'en retournant, obsédé par cette vision, je cherchai à analyser ma soudaine douleur, et je me dis : Je viens de voir l'image du vieil homme de lettres qui a survécu à la génération dont il fut le brillant amuseur ; du vieux poète sans amis, sans famille, sans enfants, dégradé par sa misère et par l'ingratitude publique, et dans la baraque de qui le monde oublieux ne veut plus entrer !

15 LE GÂTEAU

Je voyageais. Le paysage au milieu duquel j'étais placé était d'une grandeur et d'une noblesse irrésistibles. Il en passa sans doute en ce moment quelque chose dans mon âme. Mes pensées voltigeaient avec une légèreté égale à celle de l'atmosphère ; les passions vulgaires, telles que la haine et l'amour profane[3], m'apparaissaient maintenant aussi éloignées que

1. Et, dût la raison de ma timidité vous faire rire : et, même si la raison de ma timidité devait vous faire rire.

2. Reflux : recul.

3. Amour profane : l'amour humain, par opposition à l'amour divin.

les nuées[1] qui défilaient au fond des abîmes sous mes pieds ; mon âme me semblait aussi vaste et aussi pure que la coupole du ciel dont j'étais enveloppé ; le souvenir des choses terrestres n'arrivait à mon cœur qu'affaibli et diminué, comme le son de la clochette des bestiaux imperceptibles[2] qui paissaient loin, bien loin, sur le versant d'une autre montagne. Sur le petit lac immobile, noir de son immense profondeur, passait quelquefois l'ombre d'un nuage, comme le reflet du manteau d'un géant aérien volant à travers le ciel. Et je me souviens que cette sensation solennelle et rare, causée par un grand mouvement parfaitement silencieux, me remplissait d'une joie mêlée de peur. Bref, je me sentais, grâce à l'enthousiasmante beauté dont j'étais environné, en parfaite paix avec moi-même et avec l'univers ; je crois même que, dans ma parfaite béatitude[3] et dans mon total oubli de tout le mal terrestre, j'en étais venu à ne plus trouver si ridicules les journaux qui prétendent que l'homme est né bon ; – quand la matière incurable renouvelant ses exigences, je songeai à réparer la fatigue et à soulager l'appétit causés par une si longue ascension. Je tirai de ma poche un gros morceau de pain, une tasse de cuir et un flacon d'un certain élixir[4] que les pharmaciens vendaient dans ce temps-là aux touristes pour le mêler dans l'occasion avec de l'eau de neige.

Je découpais tranquillement mon pain, quand un bruit très léger me fit lever les yeux. Devant moi se tenait un

1. Nuées : gros nuages.

2. Imperceptibles : qu'on ne peut pas voir.

3. Béatitude : bonheur extrême.

4. Élixir : ici, dans le sens de « sirop » ou de « potion ».

petit être déguenillé[1], noir, ébouriffé, dont les yeux creux, farouches et comme suppliants, dévoraient le morceau de pain. Et je l'entendis soupirer, d'une voix basse et rauque[2], le mot : *gâteau !* Je ne pus m'empêcher de rire en entendant l'appellation dont il voulait bien honorer mon pain presque blanc, et j'en coupai pour lui une belle tranche que je lui offris. Lentement il se rapprocha, ne quittant pas des yeux l'objet de sa convoitise ; puis, happant le morceau avec sa main, se recula vivement, comme s'il eût craint que mon offre ne fût pas sincère ou que je m'en repentisse déjà.

Mais au même instant il fut culbuté par un autre petit sauvage, sorti je ne sais d'où, et si parfaitement semblable au premier qu'on aurait pu le prendre pour son frère jumeau. Ensemble ils roulèrent sur le sol, se disputant la précieuse proie, aucun n'en voulant sans doute sacrifier la moitié pour son frère. Le premier, exaspéré, empoigna le second par les cheveux ; celui-ci lui saisit l'oreille avec les dents, et en cracha un petit morceau sanglant avec un superbe juron patois. Le légitime propriétaire du gâteau essaya d'enfoncer ses petites griffes dans les yeux de l'usurpateur ; à son tour celui-ci appliqua toutes ses forces à étrangler son adversaire d'une main, pendant que de l'autre il tâchait de glisser dans sa poche le prix du combat. Mais, ravivé par le désespoir, le vaincu se redressa et fit rouler le vainqueur par terre d'un coup de tête dans l'estomac. À quoi bon décrire une lutte hideuse qui dura en vérité plus longtemps que leurs forces

1. Déguenillé : en guenilles.
2. Rauque : éraillée.

enfantines ne semblaient le promettre ? Le gâteau voyageait de main en main et changeait de poche à chaque instant ; mais, hélas ! il changeait aussi de volume ; et lorsque enfin, exténués, haletants, sanglants, ils s'arrêtèrent par impossibilité de continuer, il n'y avait plus, à vrai dire, aucun sujet de bataille ; le morceau de pain avait disparu, et il était éparpillé en miettes semblables aux grains de sable auxquels il était mêlé.

Ce spectacle m'avait embrumé[1] le paysage, et la joie calme où s'ébaudissait[2] mon âme avant d'avoir vu ces petits hommes avait totalement disparu ; j'en restai triste assez longtemps, me répétant sans cesse : « Il y a donc un pays superbe où le pain s'appelle du *gâteau,* friandise si rare qu'elle suffit pour engendrer une guerre parfaitement fratricide ! »

16 L'HORLOGE

Les Chinois voient l'heure dans l'œil des chats.

Un jour un missionnaire[3], se promenant dans la banlieue de Nankin[4], s'aperçut qu'il avait oublié sa montre, et demanda à un petit garçon quelle heure il était.

Le gamin du céleste Empire[5] hésita d'abord ; puis, se ravisant, il répondit : « Je vais vous le dire ». Peu d'instants après, il reparut, tenant dans ses bras un fort gros chat, et le regardant, comme on dit, dans le blanc des yeux, il affirma sans

1. Embrumé : assombri.
2. S'ébaudissait : se réjouissait.
3. Missionnaire : religieux envoyé en mission pour propager sa religion.
4. Nankin : ville du sud-ouest de la Chine.
5. Céleste Empire : nom traditionnel de la Chine.

hésiter : « Il n'est pas encore tout à fait midi. » Ce qui était vrai.

Pour moi, si je me penche vers la belle Féline, la si bien nommée, qui est à la fois l'honneur de son sexe, l'orgueil de mon cœur et le parfum de mon esprit, que ce soit la nuit, que ce soit le jour, dans la pleine lumière ou dans l'ombre opaque, au fond de ses yeux adorables je vois toujours l'heure distinctement, toujours la même, une heure vaste, solennelle, grande comme l'espace, sans divisions de minutes ni de secondes, – une heure immobile qui n'est pas marquée sur les horloges, et cependant légère comme un soupir, rapide comme un coup d'œil.

Et si quelque importun[1] venait me déranger pendant que mon regard repose sur ce délicieux cadran, si quelque Génie malhonnête et intolérant, quelque Démon du contre-temps venait me dire : « Que regardes-tu là avec tant de soin ? Que cherches-tu dans les yeux de cet être ? Y vois-tu l'heure, mortel prodigue[2] et fainéant ? » je répondrais sans hésiter : « Oui, je vois l'heure ; il est l'Éternité ! »

N'est-ce pas, madame, que voici un madrigal[3] vraiment méritoire, et aussi emphatique[4] que vous-même ? En vérité, j'ai eu tant de plaisir à broder cette prétentieuse galanterie, que je ne vous demanderai rien en échange.

1. **Importun** : gêneur.
2. **Prodigue** : gaspilleur (de son temps).
3. **Madrigal** : poème ingénieux et galant.
4. **Emphatique** : prétentieux.

17 UN HÉMISPHÈRE DANS UNE CHEVELURE

Laisse-moi respirer longtemps, longtemps, l'odeur de tes cheveux, y plonger tout mon visage, comme un homme altéré[1] dans l'eau d'une source, et les agiter avec ma main comme un mouchoir odorant, pour secouer des souvenirs dans l'air.

Si tu pouvais savoir tout ce que je vois ! tout ce que je sens ! tout ce que j'entends dans tes cheveux ! Mon âme voyage sur le parfum comme l'âme des autres hommes sur la musique.

Tes cheveux contiennent tout un rêve, plein de voilures et de mâtures[2] ; ils contiennent de grandes mers dont les moussons[3] me portent vers de charmants climats, où l'espace est plus bleu et plus profond, où l'atmosphère est parfumée par les fruits, par les feuilles et par la peau humaine.

Dans l'océan de ta chevelure, j'entrevois un port fourmillant de chants mélancoliques, d'hommes vigoureux de toutes nations et de navires de toutes formes, découpant leurs architectures fines et compliquées sur un ciel immense où se prélasse l'éternelle chaleur.

Dans les caresses de ta chevelure, je retrouve les langueurs[4] des longues heures passées sur un divan, dans la chambre d'un beau navire, bercées par le roulis imperceptible du port, entre les pots de fleurs et les gargoulettes[5] rafraîchissantes.

Dans l'ardent foyer de ta chevelure, je respire l'odeur du tabac mêlé à l'opium et au sucre ; dans la nuit de ta chevelure,

---

1. **Altéré** : assoiffé.
2. **Mâtures** : tous les mâts d'un navire.
3. **Moussons** : vents tropicaux.
4. **Langueurs** : indolences, alanguissements, mollesses.
5. **Gargoulettes** : vases poreux dans lesquels les liquides se rafraîchissent par évaporation.

je vois resplendir l'infini de l'azur[1] tropical ; sur les rivages duvetés de ta chevelure je m'enivre des odeurs combinées du goudron, du musc[2] et de l'huile de coco.

Laisse-moi mordre longtemps tes tresses lourdes et noires. Quand je mordille tes cheveux élastiques et rebelles, il me semble que je mange des souvenirs.

18 L'INVITATION AU VOYAGE

Il est un pays superbe, un pays de Cocagne[3], dit-on, que je rêve de visiter avec une vieille amie. Pays singulier, noyé dans les brumes de notre Nord, et qu'on pourrait appeler l'Orient de l'Occident, la Chine de l'Europe, tant la chaude et capricieuse fantaisie s'y est donné carrière, tant elle l'a patiemment et opiniâtrement[4] illustré de ses savantes et délicates végétations. Un vrai pays de Cocagne, où tout est beau, riche, tranquille, honnête ; où le luxe a plaisir à se mirer[5] dans l'ordre ; où la vie est grasse et douce à respirer ; d'où le désordre, la turbulence et l'imprévu sont exclus ; où le bonheur est marié au silence ; où la cuisine elle-même est poétique, grasse et excitante à la fois ; où tout vous ressemble, mon cher ange.

Tu connais cette maladie fiévreuse qui s'empare de nous dans les froides misères, cette nostalgie du pays qu'on ignore, cette angoisse de la curiosité ? Il est une contrée qui te ressemble, où tout est beau, riche, tranquille et honnête, où

1. **Azur** : ciel infini.
2. **Musc** : parfum très enivrant, à base, entre autres, de miel.
3. **Pays de Cocagne** : pays imaginaire, où ses habitants disposent de tout en abondance, sans rien faire.
4. **Opiniâtrement** : obstinément.
5. **Se mirer** : se regarder.

la fantaisie a bâti et décoré une Chine occidentale, où la vie est douce à respirer, où le bonheur est marié au silence. C'est là qu'il faut aller vivre, c'est là qu'il faut aller mourir !

Oui, c'est là qu'il faut aller respirer, rêver et allonger les heures par l'infini des sensations. Un musicien a écrit l'*Invitation à la valse*[1] ; quel est celui qui composera l'*Invitation au voyage,* qu'on puisse offrir à la femme aimée, à la sœur d'élection ? Oui, c'est dans cette atmosphère qu'il ferait bon vivre, – là-bas, où les heures plus lentes contiennent plus de pensées, où les horloges sonnent le bonheur avec une plus profonde et plus significative solennité.

Sur des panneaux luisants, ou sur des cuirs dorés et d'une richesse sombre, vivent discrètement des peintures béates[2], calmes et profondes, comme les âmes des artistes qui les créèrent. Les soleils couchants, qui colorent si richement la salle à manger ou le salon, sont tamisés par de belles étoffes ou par ces hautes fenêtres ouvragées que le plomb[3] divise en nombreux compartiments. Les meubles sont vastes, curieux, bizarres, armés de serrures et de secrets comme des âmes raffinées. Les miroirs, les métaux, les étoffes, l'orfèvrerie et la faïence y jouent pour les yeux une symphonie muette et mystérieuse ; et de toutes choses, de tous les coins, des fissures des tiroirs et des plis des étoffes s'échappe un parfum singulier, un *revenez-y* de Sumatra[4], qui est comme l'âme de l'appartement.

---

1. ***Invitation à la valse* :** composition musicale (1819) de Carl Maria von Weber (1786-1826).

2. Béates : très heureuses.

3. Plomb : plomb qui sépare et maintient des petits carreaux de couleurs, comme dans un vitrail ou comme certaines fenêtres de maisons hollandaises.

4. Sumatra : île d'Indonésie.

Un vrai pays de Cocagne, te dis-je, où tout est riche, propre et luisant, comme une belle conscience, comme une magnifique batterie de cuisine, comme une splendide orfèvrerie, comme une bijouterie bariolée ! Les trésors du monde y affluent, comme dans la maison d'un homme laborieux et qui a bien mérité du monde entier. Pays singulier, supérieur aux autres, comme l'Art l'est à la Nature, où celle-ci est réformée par le rêve, où elle est corrigée, embellie, refondue. Qu'ils cherchent, qu'ils cherchent encore, qu'ils reculent sans cesse les limites de leur bonheur, ces alchimistes[1] de l'horticulture[2] ! Qu'ils proposent des prix de soixante et de cent mille florins[3] pour qui résoudra leurs ambitieux problèmes ! Moi, j'ai trouvé ma *tulipe noire*[4] et mon *dahlia bleu*[5] !

Fleur incomparable, tulipe retrouvée, allégorique[6] dahlia, c'est là, n'est-ce pas, dans ce beau pays si calme et si rêveur, qu'il faudrait aller vivre et fleurir ? Ne serais-tu pas encadrée dans ton analogie[7], et ne pourrais-tu pas te mirer[8], pour parler comme les mystiques[9], dans ta propre *correspondance* ?

Des rêves ! toujours des rêves ! et plus l'âme est ambitieuse et délicate, plus les rêves l'éloignent du possible. Chaque homme porte en lui sa dose d'opium naturel, incessamment

1. Alchimistes : magiciens.
2. Horticulture : art de cultiver les jardins.
3. Florins : monnaie des Pays-Bas.
4. *Tulipe noire* : titre d'un roman (1850) d'Alexandre Dumas père.
5. *Dahlia bleu* : chanson d'un recueil de Pierre Dupont préfacé par Baudelaire. La tulipe noire et le dahlia étaient alors des fleurs imaginaires.
6. Allégorique : symbolique.
7. Dans ton analogie : dans ce qui te ressemble.
8. Te mirer : te regarder.
9. Mystiques : personnes qui possèdent une foi religieuse intense et intuitive, contemplative.

sécrétée et renouvelée, et, de la naissance à la mort, combien comptons-nous d'heures remplies par la jouissance positive, par l'action réussie et décidée ? Vivrons-nous jamais, passerons-nous jamais dans ce tableau qu'a peint mon esprit, ce tableau qui te ressemble ?

Ces trésors, ces meubles, ce luxe, cet ordre, ces parfums, ces fleurs miraculeuses, c'est toi. C'est encore toi, ces grands fleuves et ces canaux tranquilles. Ces énormes navires qu'ils charrient, tout chargés de richesses, et d'où montent les chants monotones de la manœuvre[1], ce sont mes pensées qui dorment ou qui roulent sur ton sein. Tu les conduis doucement vers la mer qui est l'Infini, tout en réfléchissant les profondeurs du ciel dans la limpidité de ta belle âme ; – et quand, fatigués par la houle et gorgés des produits de l'Orient, ils rentrent au port natal, ce sont encore mes pensées enrichies qui reviennent de l'infini vers toi.

19 Le joujou du pauvre

Je veux donner l'idée d'un divertissement innocent. Il y a si peu d'amusements qui ne soient pas coupables !

Quand vous sortirez le matin avec l'intention décidée de flâner sur les grandes routes, remplissez vos poches de petites inventions à un sol[2], – telles que le polichinelle[3] plat mû par un seul fil, les forgerons qui battent l'enclume, le cavalier et son cheval dont la queue est un sifflet, – et le long des

1. Manœuvre : conduite d'un bateau, en agissant sur les cordages, les voiles, le gouvernail.

2. À un sol : à un sou.

3. Polichinelle : marionnette représentant le personnage, bossu, traditionnel de la comédie italienne.

cabarets, au pied des arbres, faites-en hommage aux enfants inconnus et pauvres que vous rencontrerez. Vous verrez leurs yeux s'agrandir démesurément. D'abord ils n'oseront pas prendre ; ils douteront de leur bonheur. Puis leurs mains agripperont vivement le cadeau, et ils s'enfuiront comme font les chats qui vont manger loin de vous le morceau que vous leur avez donné, ayant appris à se défier de l'homme.

Sur une route, derrière la grille d'un vaste jardin, au bout duquel apparaissait la blancheur d'un joli château frappé par le soleil, se tenait un enfant beau et frais, habillé de ces vêtements de campagne si pleins de coquetterie.

Le luxe, l'insouciance et le spectacle habituel de la richesse, rendent ces enfants-là si jolis, qu'on les croirait faits d'une autre pâte que les enfants de la médiocrité ou de la pauvreté. À côté de lui, gisait sur l'herbe un joujou splendide, aussi frais que son maître, verni, doré, vêtu d'une robe pourpre, et couvert de plumets[1] et de verroteries[2]. Mais l'enfant ne s'occupait pas de son joujou préféré, et voici ce qu'il regardait :

De l'autre côté de la grille, sur la route, entre les chardons et les orties, il y avait un autre enfant, sale, chétif, fuligineux[3], un de ces marmots-parias[4] dont un œil impartial[5] découvrirait la beauté, si, comme l'œil du connaisseur devine une peinture idéale sous un vernis de carrossier, il le nettoyait de la répugnante patine de la misère.

---

1. Plumets : touffes de plumes.

2. Verroteries : petits ornements (bijoux ou décorations) en verre, de faible valeur.

3. Fuligineux : couvert de suie.

4. Marmots-parias : enfants pauvres et vivant à l'écart.

5. Impartial : équitable, neutre.

À travers ces barreaux symboliques séparant deux mondes, la grande route et le château, l'enfant pauvre montrait à l'enfant riche son propre joujou, que celui-ci examinait avidement comme un objet rare et inconnu. Or, ce joujou, que le petit souillon[1] agaçait, agitait et secouait dans une boîte grillée, c'était un rat vivant ! Les parents, par économie sans doute, avaient tiré le joujou de la vie elle-même. Et les deux enfants se riaient l'un à l'autre fraternellement, avec des dents d'une *égale* blancheur.

20 LES DONS DES FÉES

C'était grande assemblée des Fées, pour procéder à la répartition des dons parmi tous les nouveau-nés, arrivés à la vie depuis vingt-quatre heures. Toutes ces antiques[2] et capricieuses Sœurs du Destin, toutes ces Mères bizarres de la joie et de la douleur, étaient fort diverses : les unes avaient l'air sombre et rechigné[3], les autres, un air folâtre[4] et malin ; les unes, jeunes, qui avaient toujours été jeunes ; les autres, vieilles, qui avaient toujours été vieilles.

Tous les pères qui ont foi dans les Fées étaient venus, chacun apportant son nouveau-né dans ses bras.

Les Dons, les Facultés, les bons Hasards, les Circonstances invincibles, étaient accumulés à côté du tribunal, comme les prix sur l'estrade, dans une distribution de prix. Ce qu'il y avait ici de particulier, c'est que les Dons n'étaient pas

1. **Souillon** : personne sale, malpropre.
2. **Antiques** : surannées, qui appartiennent à une époque lointaine.
3. **Rechigné** : hargneux.
4. **Folâtre** : gai, enjoué.

la récompense d'un effort, mais tout au contraire une grâce accordée à celui qui n'avait pas encore vécu, une grâce pouvant déterminer sa destinée et devenir aussi bien la source de son malheur que de son bonheur.

Les pauvres Fées étaient très affairées ; car la foule des solliciteurs[1] était grande, et le monde intermédiaire, placé entre l'homme et Dieu, est soumis comme nous à la terrible loi du Temps et de son infinie postérité, les Jours, les Heures, les Minutes, les Secondes.

En vérité, elles étaient aussi ahuries[2] que des ministres un jour d'audience, ou des employés du Mont-de-Piété[3] quand une fête nationale autorise les dégagements gratuits. Je crois même qu'elles regardaient de temps à autre l'aiguille de l'horloge avec autant d'impatience que des juges humains qui, siégeant depuis le matin, ne peuvent s'empêcher de rêver au dîner, à la famille et à leurs chères pantoufles. Si, dans la justice surnaturelle, il y a un peu de précipitation et de hasard, ne nous étonnons pas qu'il en soit de même quelquefois dans la justice humaine. Nous serions nous-mêmes, en ce cas, des juges injustes.

Aussi furent commises ce jour-là quelques bourdes qu'on pourrait considérer comme bizarres, si la prudence, plutôt que le caprice, était le caractère distinctif, éternel des Fées.

Ainsi la puissance d'attirer magnétiquement la fortune fut adjugée à l'héritier unique d'une famille très riche, qui, n'étant doué d'aucun sens de charité, non plus que d'aucune

1. Solliciteurs : demandeurs.

2. Ahuries : très surprises au point d'en être déconcertées.

3. Mont-de-Piété : établissement parisien de prêt sur gage, où l'on dépose des objets contre une partie de leur valeur, qu'on peut ensuite racheter, « dégager », moyennant un taux d'intérêt modéré.

convoitise pour les biens les plus visibles de la vie, devait se trouver plus tard prodigieusement embarrassé de ses millions.

Ainsi furent donnés l'amour du Beau et la Puissance poétique au fils d'un sombre gueux, carrier[1] de son état, qui ne pouvait, en aucune façon, aider les facultés, ni soulager les besoins de sa déplorable progéniture[2].

J'ai oublié de vous dire que la distribution, en ces cas solennels, est sans appel, et qu'aucun don ne peut être refusé. Toutes les Fées se levaient, croyant leur corvée accomplie ; car il ne restait plus aucun cadeau, aucune largesse à jeter à tout ce fretin humain[3], quand un brave homme, un pauvre petit commerçant, je crois, se leva, et empoignant par sa robe de vapeurs multicolores la Fée qui était le plus à sa portée, s'écria :

« Eh ! madame ! vous nous oubliez ! Il y a encore mon petit ! Je ne veux pas être venu pour rien. »

La Fée pouvait être embarrassée ; car il ne restait plus *rien.* Cependant elle se souvint à temps d'une loi bien connue, quoique rarement appliquée, dans le monde surnaturel, habité par ces déités[4] impalpables, amies de l'homme, et souvent contraintes de s'adapter à ses passions, telles que les Fées, les Gnomes[5], les Salamandres[6], les Sylphides[7], les Sylphes[8], les Nixes[9], les Ondins et les Ondines[10], – je veux

1. **Carrier :** ouvrier travaillant dans une carrière.
2. **Progéniture :** descendance.
3. **Fretin humain :** gens insignifiants.
4. **Déités :** divinités mythiques.
5. **Gnomes :** petits génies laids et difformes.
6. **Salamandres :** batraciens tachetés de jaune, censés résister au feu.
7. **Sylphides :** génies aériens féminins.
8. **Sylphes :** génies aériens masculins.
9. **Nixes :** nymphes des eaux.
10. **Ondins, Ondines :** génies des eaux.

parler de la loi qui concède aux Fées, dans un cas semblable à celui-ci, c'est-à-dire le cas d'épuisement des lots, la faculté d'en donner encore un, supplémentaire et exceptionnel, pourvu toutefois qu'elle ait l'imagination suffisante pour le créer immédiatement.

Donc la bonne Fée répondit, avec un aplomb digne de son rang : « Je donne à ton fils… je lui donne… le *Don de plaire !* »

« Mais plaire comment ? plaire…? plaire pourquoi ? » demanda opiniâtrement[1] le petit boutiquier, qui était sans doute un de ces raisonneurs si communs, incapable de s'élever jusqu'à la logique de l'Absurde.

« Parce que ! parce que ! » répliqua la Fée courroucée, en lui tournant le dos ; et rejoignant le cortège de ses compagnes, elle leur disait : « Comment trouvez-vous ce petit Français vaniteux, qui veut tout comprendre, et qui ayant obtenu pour son fils le meilleur des lots, ose encore interroger et discuter l'indiscutable ? »

21 Les tentations ou Éros[2], Plutus[3] et la gloire

Deux superbes Satans et une Diablesse, non moins extraordinaire, ont la nuit dernière monté l'escalier mystérieux par où l'Enfer donne assaut à la faiblesse de l'homme qui dort, et communique en secret avec lui. Et ils sont venus se poser glorieusement devant moi, debout comme sur une estrade.

1. Opiniâtrement : obstinément.
2. Éros : dieu de l'amour.
3. Plutus : dieu de la richesse.

Une splendeur sulfureuse[1] émanait de ces trois personnages, qui se détachaient ainsi du fond opaque de la nuit. Ils avaient l'air si fier et si plein de domination, que je les pris d'abord tous les trois pour de vrais Dieux.

Le visage du premier Satan était d'un sexe ambigu, et il y avait aussi, dans les lignes de son corps, la mollesse des anciens Bacchus[2]. Ses beaux yeux languissants, d'une couleur ténébreuse et indécise, ressemblaient à des violettes chargées encore des lourds pleurs de l'orage, et ses lèvres entr'ouvertes à des cassolettes[3] chaudes, d'où s'exhalait la bonne odeur d'une parfumerie ; et à chaque fois qu'il soupirait, des insectes musqués[4] s'illuminaient, en voletant, aux ardeurs de son souffle.

Autour de sa tunique de pourpre était roulé, en manière de ceinture, un serpent chatoyant qui, la tête relevée, tournait langoureusement vers lui ses yeux de braise. À cette ceinture vivante étaient suspendus, alternant avec des fioles pleines de liqueurs sinistres[5], de brillants couteaux et des instruments de chirurgie. Dans sa main droite il tenait une autre fiole dont le contenu était d'un rouge lumineux, et qui portait pour étiquette ces mots bizarres : « Buvez, ceci est mon sang, un parfait cordial[6] » ; dans la gauche, un violon qui lui servait sans doute à chanter ses plaisirs et ses douleurs,

1. Sulfureuse : qui dégage du soufre, au sens propre ; qui rappelle l'enfer, au sens figuré.

2. Bacchus : dieu du vin et de l'ivresse.

3. Cassolettes : brûle-parfums.

4. Musqués : sentant le musc, un parfum très entêtant.

5. Sinistres : effrayantes.

6. Cordial : boisson forte et tonique.

et à répandre la contagion de sa folie dans les nuits de sabbat[1].

À ses chevilles délicates traînaient quelques anneaux d'une chaîne d'or rompue, et quand la gêne qui en résultait le forçait à baisser les yeux vers la terre, il contemplait vaniteusement les ongles de ses pieds, brillants et polis comme des pierres bien travaillées.

Il me regarda avec ses yeux inconsolablement navrés, d'où s'écoulait une insidieuse[2] ivresse, et il me dit d'une voix chantante : « Si tu veux, si tu veux, je te ferai le seigneur des âmes, et tu seras le maître de la matière vivante, plus encore que le sculpteur peut l'être de l'argile ; et tu connaîtras le plaisir, sans cesse renaissant, de sortir de toi-même pour t'oublier dans autrui, et d'attirer les autres âmes jusqu'à les confondre avec la tienne. »

Et je lui répondis : « Grand merci ! je n'ai que faire de cette pacotille[3] d'êtres qui, sans doute, ne valent pas mieux que mon pauvre moi. Bien que j'aie quelque honte à me souvenir, je ne veux rien oublier ; et quand même je ne te connaîtrais pas, vieux monstre, ta mystérieuse coutellerie, tes fioles équivoques[4], les chaînes dont tes pieds sont empêtrés, sont des symboles qui expliquent assez clairement les inconvénients de ton amitié. Garde tes présents. »

Le second Satan n'avait ni cet air à la fois tragique et souriant, ni ces belles manières insinuantes, ni cette beauté délicate et parfumée. C'était un homme vaste, à gros visage

1. **Sabbat :** assemblée nocturne et bruyante de sorciers et de sorcières.
2. **Insidieuse :** trompeuse.
3. **Pacotille :** médiocrité.
4. **Équivoques :** suspectes.

sans yeux, dont la lourde bedaine surplombait les cuisses, et dont toute la peau était dorée et illustrée, comme d'un tatouage, d'une foule de petites figures mouvantes représentant les formes nombreuses de la misère universelle. Il y avait de petits hommes efflanqués[1] qui se suspendaient volontairement à un clou ; il y avait de petits gnomes[2] difformes, maigres, dont les yeux suppliants réclamaient l'aumône mieux encore que leurs mains tremblantes ; et puis de vieilles mères portant des avortons[3] accrochés à leurs mamelles exténuées. Il y en avait encore bien d'autres.

Le gros Satan tapait avec son poing sur son immense ventre, d'où sortait alors un long et retentissant cliquetis de métal, qui se terminait en un vague gémissement fait de nombreuses voix humaines. Et il riait, en montrant impudemment[4] ses dents gâtées, d'un énorme rire imbécile, comme certains hommes de tous les pays quand ils ont trop bien dîné.

Et celui-là me dit : « Je puis te donner ce qui obtient tout, ce qui vaut tout, ce qui remplace tout ! » Et il tapa sur son ventre monstrueux, dont l'écho sonore fit le commentaire de sa grossière parole.

Je me détournai avec dégoût, et je répondis : « Je n'ai besoin, pour ma jouissance, de la misère de personne ; et je ne veux pas d'une richesse attristée, comme un papier de tenture, de tous les malheurs représentés sur ta peau. »

Quant à la Diablesse, je mentirais si je n'avouais pas qu'à première vue je lui trouvai un bizarre charme. Pour définir

1. **Efflanqués** : aux flancs maigres.
2. **Gnomes** : petits génies laids et difformes.
3. **Avortons** : êtres chétifs et mal formés.
4. **Impudemment** : sans pudeur, sans gêne.

ce charme, je ne saurais le comparer à rien de mieux qu'à celui des très belles femmes sur le retour, qui cependant ne vieillissent plus, et dont la beauté garde la magie pénétrante des ruines. Elle avait l'air à la fois impérieux et dégingandé[1], et ses yeux, quoique battus, contenaient une force fascinatrice. Ce qui me frappa le plus, ce fut le mystère de sa voix, dans laquelle je retrouvais le souvenir des *contralti*[2] les plus délicieux et aussi un peu de l'enrouement des gosiers incessamment lavés par l'eau-de-vie.

« Veux-tu connaître ma puissance ? » dit la fausse déesse avec sa voix charmante et paradoxale. « Écoute. »

Et elle emboucha alors une gigantesque trompette, enrubannée, comme un mirliton[3], des titres de tous les journaux de l'univers, et à travers cette trompette elle cria mon nom, qui roula ainsi à travers l'espace avec le bruit de cent mille tonnerres, et me revint répercuté par l'écho de la plus lointaine planète.

« Diable ! » fis-je, à moitié subjugué, « voilà qui est précieux ! » Mais en examinant plus attentivement la séduisante virago[4], il me sembla vaguement que je la reconnaissais pour l'avoir vue trinquant avec quelques drôles[5] de ma connaissance ; et le son rauque du cuivre apporta à mes oreilles je ne sais quel souvenir d'une trompette prostituée.

Aussi je répondis, avec tout mon dédain : « Va-t'en ! Je ne suis pas fait pour épouser la maîtresse de certains que je ne veux pas nommer. »

---

1. **Dégingandé** : d'une allure et d'une démarche déséquilibrées.
2. ***Contralti :*** pluriel de « contralto », désignant la plus grave des voix de femme.
3. **Mirliton** : sorte de petite trompette.
4. **Virago** : femme d'allure masculine.
5. **Drôles** : voyous.

Certes, d'une si courageuse abnégation[1] j'avais le droit d'être fier. Mais malheureusement je me réveillai, et toute ma force m'abandonna. « En vérité, me dis-je, il fallait que je fusse bien lourdement assoupi pour montrer de tels scrupules. Ah ! s'ils pouvaient revenir pendant que je suis éveillé, je ne ferais pas tant le délicat ! »

Et je les invoquai à haute voix, les suppliant de me pardonner, leur offrant de me déshonorer aussi souvent qu'il le faudrait pour mériter leurs faveurs ; mais je les avais sans doute fortement offensés, car ils ne sont jamais revenus.

22 LE CRÉPUSCULE DU SOIR

Le jour tombe. Un grand apaisement se fait dans les pauvres esprits fatigués du labeur de la journée ; et leurs pensées prennent maintenant les couleurs tendres et indécises du crépuscule.

Cependant du haut de la montagne arrive à mon balcon, à travers les nues[2] transparentes du soir, un grand hurlement, composé d'une foule de cris discordants, que l'espace transforme en une lugubre harmonie, comme celle de la marée qui monte ou d'une tempête qui s'éveille.

Quels sont les infortunés que le soir ne calme pas, et qui prennent, comme les hiboux, la venue de la nuit pour un signal de sabbat[3] ? Cette sinistre ululation[4] nous arrive

1. Abnégation : sacrifice volontaire.
2. Nues : le ciel.
3. Sabbat : assemblée nocturne et bruyante de sorciers et de sorcières.
4. Ululation : ululement, cri des oiseaux de nuit.

du noir hospice[1] perché sur la montagne ; et, le soir, en fumant et en contemplant le repos de l'immense vallée, hérissée de maisons dont chaque fenêtre dit : « C'est ici la paix maintenant ; c'est ici la joie de la famille ! » je puis, quand le vent souffle de là-haut, bercer ma pensée étonnée à cette imitation des harmonies de l'enfer.

Le crépuscule excite les fous. – Je me souviens que j'ai eu deux amis que le crépuscule rendait tout malades. L'un méconnaissait alors tous les rapports d'amitié et de politesse, et maltraitait, comme un sauvage, le premier venu. Je l'ai vu jeter à la tête d'un maître d'hôtel un excellent poulet, dans lequel il croyait voir je ne sais quel insultant hiéroglyphe[2]. Le soir, précurseur des voluptés profondes, lui gâtait les choses les plus succulentes.

L'autre, un ambitieux blessé, devenait, à mesure que le jour baissait, plus aigre, plus sombre, plus taquin[3]. Indulgent et sociable encore pendant la journée, il était impitoyable le soir ; et ce n'était pas seulement sur autrui, mais aussi sur lui-même, que s'exerçait rageusement sa manie crépusculeuse[4].

Le premier est mort fou, incapable de reconnaître sa femme et son enfant ; le second porte en lui l'inquiétude d'un malaise perpétuel, et fût-il gratifié[5] de tous les honneurs que peuvent conférer les républiques et les princes, je crois que le crépuscule allumerait encore en lui la brûlante envie de distinctions

1. Hospice : asile (de fous).

2. Hiéroglyphe : signe difficile à déchiffrer (comme les caractères de l'écriture égyptienne).

3. Taquin : malicieux.

4. Crépusculeuse : crépusculaire.

5. Et fût-il gratifié : et même s'il avait été gratifié (s'il avait obtenu).

imaginaires. La nuit, qui mettait ses ténèbres dans leur esprit, fait la lumière dans le mien ; et, bien qu'il ne soit pas rare de voir la même cause engendrer deux effets contraires, j'en suis toujours comme intrigué et alarmé.

Ô nuit ! ô rafraîchissantes ténèbres ! vous êtes pour moi le signal d'une fête intérieure, vous êtes la délivrance d'une angoisse ! Dans la solitude des plaines, dans les labyrinthes pierreux d'une capitale, scintillement des étoiles, explosion des lanternes, vous êtes le feu d'artifice de la déesse Liberté !

Crépuscule, comme vous êtes doux et tendre ! Les lueurs roses qui traînent encore à l'horizon comme l'agonie du jour sous l'oppression victorieuse de sa nuit, les feux des candélabres[1] qui font des taches d'un rouge opaque sur les dernières gloires du couchant, les lourdes draperies qu'une main invisible attire des profondeurs de l'Orient, imitent tous les sentiments compliqués qui luttent dans le cœur de l'homme aux heures solennelles de la vie.

On dirait encore une de ces robes étranges de danseuses, où une gaze[2] transparente et sombre laisse entrevoir les splendeurs amorties d'une jupe éclatante, comme sous le noir présent transperce le délicieux passé ; et les étoiles vacillantes d'or et d'argent, dont elle est semée, représentent ces feux de la fantaisie qui ne s'allument bien que sous le deuil profond de la Nuit.

1. Candélabres : sorte de lampadaires.
2. Gaze : tissu léger et transparent, de soie ou de laine.

23 La solitude

Un gazetier[1] philanthrope[2] me dit que la solitude est mauvaise pour l'homme ; et à l'appui de sa thèse, il cite, comme tous les incrédules[3], des paroles des Pères de l'Église[4].

Je sais que le Démon fréquente volontiers les lieux arides, et que l'Esprit de meurtre et de lubricité[5] s'enflamme merveilleusement dans les solitudes. Mais il serait possible que cette solitude ne fût dangereuse que pour l'âme oisive[6] et divagante qui la peuple de ses passions et de ses chimères.

Il est certain qu'un bavard, dont le suprême plaisir consiste à parler du haut d'une chaire[7] ou d'une tribune, risquerait fort de devenir fou furieux dans l'île de Robinson[8]. Je n'exige pas de mon gazetier les courageuses vertus de Crusoé, mais je demande qu'il ne décrète pas d'accusation les amoureux de la solitude et du mystère.

Il y a dans nos races jacassières[9] des individus qui accepteraient avec moins de répugnance le supplice suprême, s'il leur était permis de faire du haut de l'échafaud une copieuse

---

1. Gazetier : directeur d'une « gazette », d'un journal ; ou journaliste y écrivant.

2. Philanthrope : qui aime le genre humain.

3. Incrédules : incroyants.

4. Pères de l'Église : théologiens des premiers siècles de notre ère qui élaborèrent la doctrine catholique.

5. Lubricité : débauche sexuelle.

6. Oisive : inactive, qui ne fait rien.

7. Chaire : tribune élevée du haut de laquelle un prêtre enseigne aux fidèles.

8. Île de Robinson : dans *Robinson Crusoé* (1719), le romancier anglais Daniel Defoe (1660-1731) fait naufrager son personnage principal, Robinson, qui se retrouve seul sur île déserte.

9. Jacassières : bavardes.

harangue[1], sans craindre que les tambours de Santerre[2] ne leur coupassent intempestivement la parole.

Je ne les plains pas, parce que je devine que leurs effusions[3] oratoires leur procurent des voluptés égales à celles que d'autres tirent du silence et du recueillement; mais je les méprise.

Je désire surtout que mon maudit gazetier me laisse m'amuser à ma guise. « Vous n'éprouvez donc jamais, – me dit-il, avec un ton de nez très apostolique[4], – le besoin de partager vos jouissances ? » Voyez-vous le subtil envieux ! Il sait que je dédaigne les siennes, et il vient s'insinuer dans les miennes, le hideux trouble-fête !

« Ce grand malheur de ne pouvoir être seul !... » dit quelque part La Bruyère[5], comme pour faire honte à tous ceux qui courent s'oublier dans la foule, craignant sans doute de ne pouvoir se supporter eux-mêmes.

« Presque tous nos malheurs nous viennent de n'avoir pas su rester dans notre chambre », dit un autre sage, Pascal[6],

---

1. Harangue : discours.

2. Tambours de Santerre : pour couvrir la voix de Louis XVI au moment de son exécution (21 janvier 1793), le général républicain Santerre (1752-1809) fit, dit-on, battre les tambours.

3. Effusions : épanchements.

4. Avec un ton de nez très apostolique : avec une manière de parler digne d'un apôtre.

5. La Bruyère : Jean de La Bruyère (1645-1696), moraliste, auteur des *Caractères* (1688-1696) ; la citation que fait sans doute de mémoire Baudelaire est extraite du chapitre *De l'homme* (maxime 99), dont les termes exacts sont les suivants : « Tout notre mal vient de ne pouvoir être seuls ».

6. Pascal : Blaise Pascal (1623-1662), philosophe, scientifique, moraliste, et auteur des *Pensées* dont provient la citation (*Divertissement*, fragment 126). Là encore, Baudelaire cite de mémoire, Pascal ayant précisément écrit : « Tout le malheur des hommes vient d'une seule chose, qui est de ne savoir pas demeurer en repos dans une chambre ».

je crois, rappelant ainsi dans la cellule du recueillement tous ces affolés qui cherchent le bonheur dans le mouvement et dans une prostitution[1] que je pourrais appeler *fraternitaire*[2], si je voulais parler la belle langue de mon siècle.

24 LES PROJETS

Il se disait, en se promenant dans un grand parc solitaire : « Comme elle serait belle dans un costume de cour, compliqué et fastueux, descendant, à travers l'atmosphère d'un beau soir, les degrés[3] de marbre d'un palais, en face des grandes pelouses et des bassins ! Car elle a naturellement l'air d'une princesse. »

En passant plus tard dans une rue, il s'arrêta devant une boutique de gravures, et, trouvant dans un carton une estampe[4] représentant un paysage tropical, il se dit : « Non ! ce n'est pas dans un palais que je voudrais posséder sa chère vie. Nous n'y serions pas *chez nous*. D'ailleurs ces murs criblés d'or ne laisseraient pas une place pour accrocher son image ; dans ces solennelles galeries, il n'y a pas un coin pour l'intimité. Décidément, c'est *là* qu'il faudrait demeurer pour cultiver le rêve de ma vie. »

Et, tout en analysant des yeux les détails de la gravure, il continuait mentalement : « Au bord de la mer, une belle case en bois, enveloppée de tous ces arbres bizarres et luisants dont j'ai oublié les noms..., dans l'atmosphère, une odeur

1. Prostitution : dans le sens ici de « promiscuité », de rechercher systématiquement le contact avec les autres.

2. Fraternitaire : créant des liens de fraternité (le mot n'existe plus de nos jours).

3. Degrés : marches.

4. Estampe : lithographie, gravure.

enivrante, indéfinissable…, dans la case un puissant parfum de rose et de musc[1]…, plus loin, derrière notre petit domaine, des bouts de mâts balancés par la houle…, autour de nous, au-delà de la chambre éclairée d'une lumière rose tamisée par les stores, décorée de nattes fraîches et de fleurs capiteuses[2], avec de rares sièges d'un rococo[3] portugais, d'un bois lourd et ténébreux (où elle reposerait si calme, si bien éventée, fumant le tabac légèrement opiacé[4]!), au-delà de la varangue[5], le tapage des oiseaux ivres de lumières, et le jacassement des petites négresses…, et, la nuit, pour servir d'accompagnement à mes songes, le chant plaintif des arbres à musique, des mélancoliques filaos[6]! Oui, en vérité, c'est bien *là* le décor que je cherchais. Qu'ai-je à faire de palais ? »

Et plus loin, comme il suivait une grande avenue, il aperçut une auberge proprette, où d'une fenêtre égayée par des rideaux d'indienne[7] bariolée se penchaient deux têtes rieuses. Et tout de suite : « Il faut, – se dit-il, – que ma pensée soit une grande vagabonde pour aller chercher si loin ce qui est si près de moi. Le plaisir et le bonheur sont dans la première auberge venue, dans l'auberge du hasard, si féconde en voluptés. Un grand feu, des faïences voyantes, un souper passable, un vin rude, et un lit très large avec des draps un peu âpres, mais frais ; quoi de mieux ? »

---

1. **Musc** : parfum tenace, à base de miel, entre autres substances.
2. **Capiteuses** : enivrantes.
3. **Rococo** : style du XVIIIe siècle, caractérisé par une ornementation chargée et maniérée.
4. **Opiacé** : contenant de l'opium.
5. **Varangue** : véranda en créole.
6. **Filaos** : arbres tropicaux du Pacifique aux feuilles fines et retombantes.
7. **Indienne** : toile de coton peinte.

Et en rentrant seul chez lui, à cette heure où les conseils de la Sagesse ne sont plus étouffés par les bourdonnements de la vie extérieure, il se dit : « J'ai eu aujourd'hui, en rêve, trois domiciles où j'ai trouvé un égal plaisir. Pourquoi contraindre mon corps à changer de place, puisque mon âme voyage si lestement ? Et à quoi bon exécuter des projets, puisque le projet est en lui-même une jouissance suffisante ? »

25 LA BELLE DOROTHÉE[1]

Le soleil accable la ville de sa lumière droite et terrible ; le sable est éblouissant et la mer miroite. Le monde stupéfié[2] s'affaisse lâchement et fait la sieste, une sieste qui est une espèce de mort savoureuse où le dormeur, à demi éveillé, goûte les voluptés de son anéantissement.

Cependant Dorothée, forte et fière comme le soleil, s'avance dans la rue déserte, seule vivante à cette heure sous l'immense azur[3], et faisant sur la lumière une tache éclatante et noire.

Elle s'avance, balançant mollement son torse si mince sur ses hanches si larges. Sa robe de soie collante, d'un ton clair et rose, tranche vivement sur les ténèbres de sa peau et moule exactement sa taille longue, son dos creux et sa gorge pointue.

Son ombrelle rouge, tamisant la lumière, projette sur son visage sombre le fard[4] sanglant de ses reflets.

Le poids de son énorme chevelure presque bleue tire en arrière sa tête délicate et lui donne un air triomphant et

1. Dorothée : prénom féminin signifiant en grec « don de Dieu ».
2. Stupéfié : engourdi, figé.
3. Azur : ciel infini.
4. Fard : maquillage.

paresseux. De lourdes pendeloques[1] gazouillent secrètement à ses mignonnes oreilles.

De temps en temps la brise de mer soulève par le coin sa jupe flottante et montre sa jambe luisante et superbe ; et son pied, pareil aux pieds des déesses de marbre que l'Europe enferme dans ses musées, imprime fidèlement sa forme sur le sable fin. Car Dorothée est si prodigieusement coquette, que le plaisir d'être admirée l'emporte chez elle sur l'orgueil de l'affranchie[2], et, bien qu'elle soit libre, elle marche sans souliers.

Elle s'avance ainsi, harmonieusement, heureuse de vivre et souriant d'un blanc sourire, comme si elle apercevait au loin dans l'espace un miroir reflétant sa démarche et sa beauté.

À l'heure où les chiens eux-mêmes gémissent de douleur sous le soleil qui les mord, quel puissant motif fait donc aller ainsi la paresseuse Dorothée, belle et froide comme le bronze ?

Pourquoi a-t-elle quitté sa petite case si coquettement arrangée, dont les fleurs et les nattes font à si peu de frais un parfait boudoir[3] ; où elle prend tant de plaisir à se peigner, à fumer, à se faire éventer ou à se regarder dans le miroir de ses grands éventails de plumes, pendant que la mer, qui bat la plage à cent pas de là, fait à ses rêveries indécises un puissant et monotone accompagnement, et que la marmite de fer,

1. Pendeloques : bijoux suspendus à une boucle d'oreille.

2. Affranchie : esclave à qui son maître a donné sa liberté. La phrase ne se comprend qu'en se souvenant que seuls les esclaves marchaient pieds nus, « sans souliers ».

3. Boudoir : petit salon élégant où une femme de la bonne société pouvait se retirer à sa guise.

où cuit un ragoût de crabes au riz et au safran[1], lui envoie, du fond de la cour, ses parfums excitants ?

Peut-être a-t-elle un rendez-vous avec quelque jeune officier qui, sur des plages lointaines, a entendu parler par ses camarades de la célèbre Dorothée. Infailliblement elle le priera, la simple créature, de lui décrire le bal de l'Opéra, et lui demandera si on peut y aller pieds nus, comme aux danses du dimanche, où les vieilles Cafrines[2] elles-mêmes deviennent ivres et furieuses de joie ; et puis encore si les belles dames de Paris sont toutes plus belles qu'elle.

Dorothée est admirée et choyée de tous, et elle serait parfaitement heureuse si elle n'était obligée d'entasser piastre[3] sur piastre pour racheter sa petite sœur qui a bien onze ans, et qui est déjà mûre, et si belle ! Elle réussira sans doute, la bonne Dorothée ; le maître de l'enfant est si avare, trop avare pour comprendre une autre beauté que celle des écus !

26 LES YEUX DES PAUVRES

Ah ! vous voulez savoir pourquoi je vous hais aujourd'hui. Il vous sera sans doute moins facile de le comprendre qu'à moi de vous l'expliquer ; car vous êtes, je crois, le plus bel exemple d'imperméabilité[4] féminine qui se puisse rencontrer.

Nous avions passé ensemble une longue journée qui m'avait paru courte. Nous nous étions bien promis que toutes nos pensées nous seraient communes à l'un et à l'autre, et que

1. **Safran** : épice de couleur orangée.
2. **Cafrines** : femmes noires d'Afrique du Sud.
3. **Piastre** : pièce de monnaie de faible valeur.
4. **Imperméabilité** : indifférence, insensibilité.

nos deux âmes désormais n'en feraient plus qu'une ; – un rêve qui n'a rien d'original, après tout, si ce n'est que, rêvé par tous les hommes, il n'a été réalisé par aucun.

Le soir, un peu fatiguée, vous voulûtes vous asseoir devant un café neuf qui formait le coin d'un boulevard neuf, encore tout plein de gravois[1] et montrant déjà glorieusement ses splendeurs inachevées. Le café étincelait. Le gaz[2] lui-même y déployait toute l'ardeur d'un début, et éclairait de toutes ses forces les murs aveuglants de blancheur, les nappes éblouissantes des miroirs, les ors des baguettes[3] et des corniches[4], les pages[5] aux joues rebondies traînés par les chiens en laisse, les dames riant au faucon perché sur leur poing, les nymphes[6] et les déesses portant sur leur tête des fruits, des pâtés et du gibier, les Hébés[7] et les Ganymèdes[8] présentant à bras tendu la petite amphore[9] à bavaroises[10] ou l'obélisque[11] bicolore des glaces panachées ; toute l'histoire et toute la mythologie mises au service de la goinfrerie.

Droit devant nous, sur la chaussée, était planté un brave homme d'une quarantaine d'années, au visage fatigué, à la barbe

1. Gravois : gravats.

2. Gaz : gaz d'éclairage.

3. Baguettes : moulures décoratives arrondies ou plates sur un mur.

4. Corniches : moulures décoratives en saillies autour d'un plafond.

5. Pages : jeunes enfants nobles qui figurent sur une peinture murale évoquant une scène de chasse.

6. Nymphes : déesses des montagnes, des forêts, des mers ou des rivières.

7. Hébés : par référence à Hébé, fille de Zeus, qui dans la mythologie grecque servait à boire aux dieux ; il s'agit ici de toutes les jeunes femmes qui versent à boire.

8. Ganymèdes : par référence à Ganymède, chargé de servir à boire à Zeus ; il s'agit ici de tous les serveurs de boissons.

9. Amphore : bouteille ou vase à deux anses.

10. Bavaroises : à l'époque, boissons chaudes à base de thé et de sirops.

11. Obélisque : colonne en forme d'aiguille surmontée d'un chapeau pyramidal.

grisonnante, tenant d'une main un petit garçon et portant sur l'autre bras un petit être trop faible pour marcher. Il remplissait l'office[1] de bonne et faisait prendre à ses enfants l'air du soir. Tous en guenilles. Ces trois visages étaient extraordinairement sérieux, et ces six yeux contemplaient fixement le café nouveau avec une admiration égale, mais nuancée diversement par l'âge.

Les yeux du père disaient : « Que c'est beau ! que c'est beau ! on dirait que tout l'or du pauvre monde est venu se porter sur ces murs. » – Les yeux du petit garçon : « Que c'est beau ! que c'est beau ! mais c'est une maison où peuvent seuls entrer les gens qui ne sont pas comme nous. » – Quant aux yeux du plus petit, ils étaient trop fascinés pour exprimer autre chose qu'une joie stupide et profonde.

Les chansonniers[2] disent que le plaisir rend l'âme bonne et amollit le cœur. La chanson avait raison ce soir-là, relativement à moi. Non seulement j'étais attendri par cette famille d'yeux, mais je me sentais un peu honteux de nos verres et de nos carafes, plus grands que notre soif. Je tournais mes regards vers les vôtres, cher amour, pour y lire *ma* pensée ; je plongeais dans vos yeux si beaux et si bizarrement doux, dans vos yeux verts, habités par le Caprice et inspirés par la Lune, quand vous me dites : « Ces gens-là me sont insupportables avec leurs yeux ouverts comme des portes cochères ! Ne pourriez-vous pas prier le maître du café de les éloigner d'ici ? »

Tant il est difficile de s'entendre, mon cher ange, et tant la pensée est incommunicable, même entre gens qui s'aiment !

---

1. Office : fonction.

2. Chansonniers : chanteurs, ici sans nuance satirique.

27 Une mort héroïque

Fancioulle était un admirable bouffon[1], et presque un des amis du Prince. Mais pour les personnes vouées par état[2] au comique, les choses sérieuses ont de fatales attractions[3], et, bien qu'il puisse paraître bizarre que les idées de patrie et de liberté s'emparent despotiquement[4] du cerveau d'un histrion[5], un jour Fancioulle entra dans une conspiration formée par quelques gentilshommes mécontents.

Il existe partout des hommes de bien pour dénoncer au pouvoir ces individus d'humeur atrabilaire[6] qui veulent déposer[7] les princes et opérer, sans la consulter, le déménagement[8] d'une société. Les seigneurs en question furent arrêtés, ainsi que Fancioulle, et voués à une mort certaine.

Je croirais volontiers que le Prince fut presque fâché de trouver son comédien favori parmi les rebelles. Le Prince n'était ni meilleur ni pire qu'un autre; mais une excessive sensibilité le rendait, en beaucoup de cas, plus cruel et plus despote que tous ses pareils. Amoureux passionné des beaux-arts, excellent connaisseur d'ailleurs, il était vraiment insatiable de voluptés. Assez indifférent relativement aux hommes et à la morale, véritable artiste lui-même, il ne connaissait d'ennemi dangereux que l'Ennui, et les efforts

1. Bouffon : amuseur officiel d'un roi chargé de le divertir par ses plaisanteries et bons mots.
2. Par état : par fonction.
3. Attractions : attirances.
4. Despotiquement : tyranniquement.
5. Histrion : bouffon.
6. Atrabilaire : irritable, colérique.
7. Déposer : se débarrasser de.
8. Déménagement : transformation.

bizarres qu'il faisait pour fuir ou pour vaincre ce tyran du monde lui auraient certainement attiré, de la part d'un historien sévère, l'épithète de « monstre », s'il avait été permis, dans ses domaines, d'écrire quoi que ce fût qui ne tendît pas uniquement au plaisir ou à l'étonnement, qui est une des formes les plus délicates du plaisir. Le grand malheur de ce Prince fut qu'il n'eut jamais un théâtre assez vaste pour son génie. Il y a de jeunes Nérons[1] qui étouffent dans des limites trop étroites, et dont les siècles à venir ignoreront toujours le nom et la bonne volonté. L'imprévoyante Providence avait donné à celui-ci des facultés plus grandes que ses États.

Tout d'un coup le bruit courut que le souverain voulait faire grâce à tous les conjurés[2] ; et l'origine de ce bruit fut l'annonce d'un grand spectacle où Fancioulle devait jouer l'un de ses principaux et de ses meilleurs rôles, et auquel assisteraient même, disait-on, les gentilshommes condamnés ; signe évident, ajoutaient les esprits superficiels, des tendances généreuses du Prince offensé.

De la part d'un homme aussi naturellement et volontairement excentrique[3], tout était possible, même la vertu, même la clémence, surtout s'il avait pu espérer y trouver des plaisirs inattendus. Mais pour ceux qui, comme moi, avaient pu pénétrer plus avant dans les profondeurs de cette âme curieuse et malade, il était infiniment plus probable que le Prince voulait juger de la valeur des talents scéniques d'un homme condamné à mort. Il voulait profiter de l'occasion pour faire

1. De jeunes Nérons : de jeunes tyrans, par référence à l'empereur romain Néron (37-68 après J.-C.), qui se voulait artiste et qui fut d'une grande cruauté.
2. Conjurés : comploteurs, les membres du complot, de la « conjuration ».
3. Excentrique : bizarre.

une expérience physiologique[1] d'un intérêt *capital*, et vérifier jusqu'à quel point les facultés habituelles d'un artiste pouvaient être altérées ou modifiées par la situation extraordinaire où il se trouvait ; au-delà, existait-il dans son âme une intention plus ou moins arrêtée de clémence ? C'est un point qui n'a jamais pu être éclairci.

Enfin, le grand jour arrivé, cette petite cour déploya toutes ses pompes[2], et il serait difficile de concevoir, à moins de l'avoir vu, tout ce que la classe privilégiée d'un petit État, à ressources restreintes, peut montrer de splendeurs pour une vraie solennité. Celle-là était doublement vraie, d'abord par la magie du luxe étalé, ensuite par l'intérêt moral et mystérieux qui y était attaché.

Le sieur Fancioulle excellait surtout dans les rôles muets ou peu chargés de paroles, qui sont souvent les principaux dans ces drames féeriques[3] dont l'objet est de représenter symboliquement le mystère de la vie. Il entra en scène légèrement et avec une aisance parfaite, ce qui contribua à fortifier, dans le noble public, l'idée de douceur et de pardon.

Quand on dit d'un comédien : « Voilà un bon comédien », on se sert d'une formule qui implique que sous le personnage se laisse encore deviner le comédien, c'est-à-dire l'art, l'effort, la volonté. Or, si un comédien arrivait à être, relativement au personnage qu'il est chargé d'exprimer, ce que les meilleures statues de l'antiquité, miraculeusement animées, vivantes, marchantes, voyantes, seraient relativement à l'idée générale

---

1. Expérience physiologique : test de physique expérimental (consistant à savoir si la certitude de sa mort prochaine modifie le talent et la manière de jouer).

2. Pompes : fastes, luxe.

3. Féeriques : merveilleux.

et confuse de beauté, ce serait là, sans doute, un cas singulier et tout à fait imprévu. Fancioulle fut, ce soir-là, une parfaite idéalisation[1], qu'il était impossible de ne pas supposer vivante, possible, réelle. Ce bouffon allait, venait, riait, pleurait, se convulsait, avec une indestructible auréole autour de la tête, auréole invisible pour tous, mais visible pour moi, et où se mêlaient, dans un étrange amalgame, les rayons de l'Art et la gloire du Martyre. Fancioulle introduisait, par je ne sais quelle grâce spéciale, le divin et le surnaturel, jusque dans les plus extravagantes bouffonneries. Ma plume tremble, et des larmes d'une émotion toujours présente me montent aux yeux pendant que je cherche à vous décrire cette inoubliable soirée. Fancioulle me prouvait, d'une manière péremptoire[2], irréfutable, que l'ivresse de l'Art est plus apte que toute autre à voiler les terreurs du gouffre ; que le génie peut jouer la comédie au bord de la tombe avec une joie qui l'empêche de voir la tombe, perdu, comme il est, dans un paradis excluant toute idée de tombe et de destruction.

Tout ce public, si blasé[3] et frivole[4] qu'il pût être, subit bientôt la toute-puissante domination de l'artiste. Personne ne rêva plus de mort, de deuil, ni de supplices. Chacun s'abandonna, sans inquiétude, aux voluptés multipliées que donne la vue d'un chef-d'œuvre d'art vivant. Les explosions de la joie et de l'admiration ébranlèrent à plusieurs reprises les voûtes de l'édifice avec l'énergie d'un tonnerre continu. Le Prince lui-même, enivré, mêla ses applaudissements à ceux de sa cour.

---

1. Idéalisation : expression idéale de ce qu'il était et interprétait.
2. Péremptoire : catégorique.
3. Blasé : indifférent.
4. Frivole : futile, superficiel.

Cependant, pour un œil clairvoyant, son ivresse, à lui, n'était pas sans mélange. Se sentait-il vaincu dans son pouvoir de despote ? humilié dans son art de terrifier les cœurs et d'engourdir les esprits ? frustré de ses espérances et bafoué[1] dans ses prévisions ? De telles suppositions non exactement justifiées, mais non absolument injustifiables, traversèrent mon esprit pendant que je contemplais le visage du Prince, sur lequel une pâleur nouvelle s'ajoutait sans cesse à sa pâleur habituelle, comme la neige s'ajoute à la neige. Ses lèvres se resserraient de plus en plus, et ses yeux s'éclairaient d'un feu intérieur semblable à celui de la jalousie et de la rancune, même pendant qu'il applaudissait ostensiblement[2] les talents de son vieil ami, l'étrange bouffon, qui bougonnait si bien la mort[3]. À un certain moment, je vis Son Altesse se pencher vers un petit page[4], placé derrière elle, et lui parler à l'oreille. La physionomie espiègle du joli enfant s'illumina d'un sourire ; et puis il quitta vivement la loge princière comme pour s'acquitter d'une commission urgente.

Quelques minutes plus tard un coup de sifflet aigu, prolongé, interrompit Fancioulle dans un de ses meilleurs moments, et déchira à la fois les oreilles et les cœurs. Et de l'endroit de la salle d'où avait jailli cette désapprobation inattendue, un enfant se précipitait dans un corridor avec des rires étouffés.

Fancioulle, secoué, réveillé dans son rêve, ferma d'abord les yeux, puis les rouvrit presque aussitôt, démesurément

1. Bafoué : ridiculisé (parce que ses « prévisions » se sont révélées fausses).
2. Ostensiblement : ouvertement.
3. Qui bougonnait si bien la mort : qui marmonnait si bien contre la mort.
4. Page : jeune noble au service d'un roi ou d'un seigneur.

agrandis, ouvrit ensuite la bouche comme pour respirer convulsivement[1], chancela un peu en avant, un peu en arrière, et puis tomba roide[2] mort sur les planches.

Le sifflet, rapide comme un glaive, avait-il réellement frustré le bourreau ? Le Prince avait-il lui-même deviné toute l'homicide[3] efficacité de sa ruse ? Il est permis d'en douter. Regretta-t-il son cher et inimitable Fancioulle ? Il est doux et légitime de le croire.

Les gentilshommes coupables avaient joui pour la dernière fois du spectacle de la comédie. Dans la même nuit ils furent effacés de la vie.

Depuis lors, plusieurs mimes[4], justement appréciés dans différents pays, sont venus jouer devant la cour de *** ; mais aucun d'eux n'a pu rappeler les merveilleux talents de Fancioulle, ni s'élever jusqu'à la même *faveur*[5].

28 La fausse monnaie

Comme nous nous éloignions du bureau de tabac, mon ami fit un soigneux triage[6] de sa monnaie ; dans la poche gauche de son gilet il glissa de petites pièces d'or ; dans la droite, de petites pièces d'argent ; dans la poche gauche de sa culotte, une masse de gros sols[7], et enfin, dans la droite, une pièce

1. **Convulsivement :** avec des convulsions, des spasmes.
2. **Roide :** raide.
3. **Homicide :** meurtrière (le mot est ici employé comme adjectif qualificatif).
4. **Mimes :** acteurs muets.
5. **Faveur :** grâce, bienfait (celui de la condamnation à mort, qui fait que Francioulle a joué divinement).
6. **Triage :** tri.
7. **Sols :** sous.

d'argent de deux francs qu'il avait particulièrement examinée.

« Singulière et minutieuse répartition ! » me dis-je en moi-même.

Nous fîmes la rencontre d'un pauvre qui nous tendit sa casquette en tremblant. – Je ne connais rien de plus inquiétant que l'éloquence muette de ces yeux suppliants, qui contiennent à la fois, pour l'homme sensible qui sait y lire, tant d'humilité, tant de reproches. Il y trouve quelque chose approchant cette profondeur de sentiment compliqué, dans les yeux larmoyants des chiens qu'on fouette.

L'offrande de mon ami fut beaucoup plus considérable que la mienne, et je lui dis : « Vous avez raison ; après le plaisir d'être étonné, il n'en est pas de plus grand que celui de causer une surprise. – C'était la pièce fausse », me répondit-il tranquillement, comme pour se justifier de sa prodigalité[1].

Mais dans mon misérable cerveau, toujours occupé à chercher midi à quatorze heures (de quelle fatigante faculté la nature m'a fait cadeau !), entra soudainement cette idée qu'une pareille conduite, de la part de mon ami, n'était excusable que par le désir de créer un événement dans la vie de ce pauvre diable, peut-être même de connaître les conséquences diverses, funestes[2] ou autres, que peut engendrer une pièce fausse dans la main d'un mendiant. Ne pouvait-elle pas se multiplier en pièces vraies ? ne pouvait-elle pas aussi le conduire en prison ? Un cabaretier, un boulanger, par exemple, allait peut-être le faire arrêter comme faux-monnayeur ou comme propagateur de fausse monnaie. Tout

1. **Prodigalité** : grande générosité.
2. **Funestes** : désastreuses.

aussi bien la pièce fausse serait peut-être, pour un pauvre petit spéculateur[1], le germe d'une richesse de quelques jours. Et ainsi ma fantaisie[2] allait son train, prêtant des ailes à l'esprit de mon ami et tirant toutes les déductions possibles de toutes les hypothèses possibles.

Mais celui-ci rompit brusquement ma rêverie en reprenant mes propres paroles : « Oui, vous avez raison ; il n'est pas de plaisir plus doux que de surprendre un homme en lui donnant plus qu'il n'espère. »

Je le regardai dans le blanc des yeux, et je fus épouvanté de voir que ses yeux brillaient d'une incontestable candeur[3]. Je vis alors clairement qu'il avait voulu faire à la fois la charité et une bonne affaire ; gagner quarante sols[4] et le cœur de Dieu ; emporter le paradis économiquement ; enfin attraper gratis un brevet d'homme charitable. Je lui aurais presque pardonné le désir de la criminelle jouissance dont je le supposais tout à l'heure capable ; j'aurais trouvé curieux, singulier, qu'il s'amusât à compromettre les pauvres ; mais je ne lui pardonnerai jamais l'ineptie[5] de son calcul. On n'est jamais excusable d'être méchant, mais il y a quelque mérite à savoir qu'on l'est ; et le plus irréparable des vices est de faire le mal par bêtise.

1. Spéculateur : joueur financier.
2. Ma fantaisie : mon imagination.
3. Candeur : innocence, naïveté.
4. Sols : sous.
5. Ineptie : stupidité.

29 Le joueur généreux

Hier, à travers la foule du boulevard, je me sentis frôlé par un Être mystérieux que j'avais toujours désiré connaître, et que je reconnus tout de suite, quoique je ne l'eusse jamais vu. Il y avait sans doute chez lui, relativement à moi, un désir analogue, car il me fit, en passant, un clignement d'œil significatif auquel je me hâtai d'obéir. Je le suivis attentivement, et bientôt je descendis derrière lui dans une demeure souterraine, éblouissante, où éclatait un luxe dont aucune des habitations supérieures de Paris ne pourrait fournir un exemple approchant. Il me parut singulier que j'eusse pu passer si souvent à côté de ce prestigieux repaire sans en deviner l'entrée. Là régnait une atmosphère exquise, quoique capiteuse[1], qui faisait oublier presque instantanément toutes les fastidieuses[2] horreurs de la vie ; on y respirait une béatitude[3] sombre, analogue à celle que durent éprouver les mangeurs de lotus[4] quand, débarquant dans une île enchantée, éclairée des lueurs d'une éternelle après-midi, ils sentirent naître en eux, aux sons assoupissants des mélodieuses cascades, le désir de ne jamais revoir leurs pénates[5], leurs femmes, leurs enfants, et de ne jamais remonter sur les hautes lames de la mer.

Il y avait là des visages étranges d'hommes et de femmes, marqués d'une beauté fatale, qu'il me semblait avoir vus déjà

1. Capiteuse : enivrante.

2. Fastidieuses : ennuyeuses.

3. Béatitude : bonheur extrême.

4. Lotus : plante méditerranéenne, semblable au nénuphar, qui, dans l'*Odyssée* d'Homère, procure l'oubli à celui qui la mange.

5. Leurs pénates : leur chez soi, par référence aux Pénates, dieux protecteurs du foyer chez les Romains de l'Antiquité.

à des époques et dans des pays dont il m'était impossible de me souvenir exactement, et qui m'inspiraient plutôt une sympathie fraternelle que cette crainte qui naît ordinairement à l'aspect de l'inconnu. Si je voulais essayer de définir d'une manière quelconque l'expression singulière de leurs regards, je dirais que jamais je ne vis d'yeux brillant plus énergiquement de l'horreur de l'ennui et du désir immortel de se sentir vivre.

Mon hôte et moi, nous étions déjà, en nous asseyant, de vieux et parfaits amis. Nous mangeâmes, nous bûmes outre mesure de toutes sortes de vins extraordinaires, et, chose non moins extraordinaire, il me semblait, après plusieurs heures, que je n'étais pas plus ivre que lui. Cependant le jeu, ce plaisir surhumain, avait coupé à divers intervalles nos fréquentes libations[1], et je dois dire que j'avais joué et perdu mon âme, en partie liée[2], avec une insouciance et une légèreté héroïques. L'âme est une chose si impalpable, si souvent inutile et quelquefois si gênante, que je n'éprouvai, quant à cette perte, qu'un peu moins d'émotion que si j'avais égaré, dans une promenade, ma carte de visite.

Nous fumâmes longuement quelques cigares dont la saveur et le parfum incomparables donnaient à l'âme la nostalgie de pays et de bonheurs inconnus, et, enivré de toutes ces délices, j'osai, dans un accès de familiarité qui ne parut pas lui déplaire, m'écrier, en m'emparant d'une coupe pleine jusqu'au bord : « À votre immortelle santé, vieux Bouc ! »

1. Libations : beuveries.

2. En partie liée : allusion à un jeu de cartes dont, pour être déclaré vainqueur, il faut avoir remporté deux manches consécutives (deux parties « liées ») sur trois.

Nous causâmes aussi de l'univers, de sa création et de sa future destruction ; de la grande idée du siècle, c'est-à-dire du progrès et de la perfectibilité[1], et, en général, de toutes les formes de l'infatuation[2] humaine. Sur ce sujet-là, Son Altesse ne tarissait pas en plaisanteries légères et irréfutables, et elle s'exprimait avec une suavité[3] de diction et une tranquillité dans la drôlerie que je n'ai trouvées dans aucun des plus célèbres causeurs de l'humanité. Elle m'expliqua l'absurdité des différentes philosophies qui avaient jusqu'à présent pris possession du cerveau humain, et daigna même me faire confidence de quelques principes fondamentaux dont il ne me convient pas de partager les bénéfices et la propriété avec qui que ce soit. Elle ne se plaignit en aucune façon de la mauvaise réputation dont elle jouit dans toutes les parties du monde, m'assura qu'elle était, elle-même, la personne la plus intéressée à la destruction de la *superstition,* et m'avoua qu'elle n'avait eu peur, relativement à son propre pouvoir, qu'une seule fois, c'était le jour où elle avait entendu un prédicateur, plus subtil que ses confrères, s'écrier en chaire[4] : « Mes chers frères, n'oubliez jamais, quand vous entendrez vanter le progrès des lumières[5], que la plus belle des ruses du diable est de vous persuader qu'il n'existe pas ! »

Le souvenir de ce célèbre orateur nous conduisit naturellement vers le sujet des académies[6], et mon étrange convive

1. **Perfectibilité :** caractère de ce qui est susceptible d'amélioration.

2. **Infatuation :** vanité, prétention.

3. **Suavité :** délicatesse.

4. **En chaire :** depuis la tribune surélevée d'où un prédicateur, un prêtre, pour le sermon, s'adresse à l'assemblée des fidèles dans une église.

5. **Progrès des lumières :** progrès de la raison et de la science.

6. **Sujet des académies :** les académies étaient des assemblées savantes qui, chaque année, proposaient un « sujet » sur lequel ceux qui le souhaitaient pouvaient rédiger un essai. Le meilleur se voyait récompensé.

m'affirma qu'il ne dédaignait pas, en beaucoup de cas, d'inspirer la plume, la parole et la conscience des pédagogues[1], et qu'il assistait presque toujours en personne, quoique invisible, à toutes les séances académiques.

Encouragé par tant de bontés, je lui demandai des nouvelles de Dieu, et s'il l'avait vu récemment. Il me répondit, avec une insouciance nuancée d'une certaine tristesse : « Nous nous saluons quand nous nous rencontrons, mais comme deux vieux gentilshommes, en qui une politesse innée ne saurait éteindre tout à fait le souvenir d'anciennes rancunes. »

Il est douteux que Son Altesse ait jamais donné une si longue audience à un simple mortel, et je craignais d'abuser. Enfin, comme l'aube frissonnante blanchissait les vitres, ce célèbre personnage, chanté par tant de poètes et servi par tant de philosophes qui travaillent à sa gloire sans le savoir, me dit : « Je veux que vous gardiez de moi un bon souvenir, et vous prouver que Moi, dont on dit tant de mal, je suis quelquefois *bon diable*, pour me servir d'une de vos locutions vulgaires. Afin de compenser la perte irrémédiable que vous avez faite de votre âme, je vous donne l'enjeu que vous auriez gagné si le sort avait été pour vous, c'est-à-dire la possibilité de soulager et de vaincre, pendant toute votre vie, cette bizarre affection de l'Ennui, qui est la source de toutes vos maladies et de tous vos misérables progrès. Jamais un désir ne sera formé par vous, que je ne vous aide à le réaliser ; vous régnerez sur vos vulgaires semblables ; vous serez fourni de flatteries[2] et même d'adorations ; l'argent, l'or, les diamants,

1. Pédagogues : maîtres.

2. Vous serez fourni de flatteries : vous serez amplement l'objet de flatteries.

les palais féeriques, viendront vous chercher et vous prieront de les accepter, sans que vous ayez fait un effort pour les gagner ; vous changerez de patrie et de contrée aussi souvent que votre fantaisie vous l'ordonnera ; vous vous soûlerez de voluptés, sans lassitude, dans des pays charmants où il fait toujours chaud et où les femmes sentent aussi bon que les fleurs, – et cætera, et cætera... », ajouta-t-il en se levant et en me congédiant avec un bon sourire.

Si ce n'eût été la crainte de m'humilier devant une aussi grande assemblée, je serais volontiers tombé aux pieds de ce joueur généreux, pour le remercier de son inouïe munificence[1]. Mais peu à peu, après que je l'eus quitté, l'incurable défiance rentra dans mon sein ; je n'osais plus croire à un si prodigieux bonheur, et, en me couchant, faisant encore ma prière par un reste d'habitude imbécile, je répétais dans un demi-sommeil : « Mon Dieu ! Seigneur, mon Dieu ! faites que le diable me tienne sa parole ! »

30 La corde

À Édouard Manet[2]

« Les illusions, – me disait mon ami, – sont aussi innombrables peut-être que les rapports des hommes entre eux, ou des hommes avec les choses. Et quand l'illusion disparaît, c'est-à-dire quand nous voyons l'être ou le fait tel qu'il existe en dehors de nous, nous éprouvons un bizarre sentiment, compliqué moitié de regret pour le fantôme disparu, moitié

1. **Munificence** : grande générosité.
2. **Édouard Manet** : peintre impressionniste français (1832-1883), ami de Charles Baudelaire et d'Émile Zola.

de surprise agréable devant la nouveauté, devant le fait réel. S'il existe un phénomène évident, trivial[1], toujours semblable, et d'une nature à laquelle il soit impossible de se tromper, c'est l'amour maternel. Il est aussi difficile de supposer une mère sans amour maternel qu'une lumière sans chaleur ; n'est-il donc pas parfaitement légitime d'attribuer à l'amour maternel toutes les actions et les paroles d'une mère, relatives à son enfant ? Et cependant écoutez cette petite histoire, où j'ai été singulièrement mystifié[2] par l'illusion la plus naturelle.

« Ma profession de peintre me pousse à regarder attentivement les visages, les physionomies, qui s'offrent dans ma route, et vous savez quelle jouissance nous tirons de cette faculté qui rend à nos yeux la vie plus vivante et plus significative que pour les autres hommes. Dans le quartier reculé que j'habite, et où de vastes espaces gazonnés séparent encore les bâtiments, j'observai souvent un enfant dont la physionomie ardente et espiègle[3], plus que toutes les autres, me séduisit tout d'abord. Il a posé[4] plus d'une fois pour moi, et je l'ai transformé tantôt en petit bohémien, tantôt en ange, tantôt en Amour mythologique. Je lui ai fait porter le violon du vagabond, la Couronne d'Épines et les Clous de la Passion[5], et la Torche d'Éros[6]. Je pris enfin à toute la drôlerie

1. Trivial : dans le sens ici de banal, de courant, et non de vulgaire ou de choquant.

2. Mystifié : trompé, induit en erreur.

3. Espiègle : drôle.

4. Il a posé : il a servi de modèle (au peintre).

5. La Couronne d'Épines et les Clous de la Passion : références aux souffrances et aux humiliations de Jésus lors de sa crucifixion.

6. Éros : dans la mythologie, dieu de l'Amour passionné (qui « brûle », d'où la référence à la « Torche »).

de ce gamin un plaisir si vif, que je priai un jour ses parents, de pauvres gens, de vouloir bien me le céder, promettant de bien l'habiller, de lui donner quelque argent et de ne pas lui imposer d'autre peine que de nettoyer mes pinceaux et de faire mes commissions. Cet enfant, débarbouillé, devint charmant, et la vie qu'il menait chez moi lui semblait un paradis, comparativement à celle qu'il aurait subie dans le taudis paternel. Seulement je dois dire que ce petit bonhomme m'étonna quelquefois par des crises singulières de tristesse précoce, et qu'il manifesta bientôt un goût immodéré pour le sucre et les liqueurs ; si bien qu'un jour où je constatai que, malgré mes nombreux avertissements, il avait encore commis un nouveau larcin[1] de ce genre, je le menaçai de le renvoyer à ses parents. Puis je sortis, et mes affaires me retinrent assez longtemps hors de chez moi.

« Quels ne furent pas mon horreur et mon étonnement quand, rentrant à la maison, le premier objet qui frappa mes regards fut mon petit bonhomme, l'espiègle compagnon de ma vie, pendu au panneau de cette armoire ! Ses pieds touchaient presque le plancher ; une chaise, qu'il avait sans doute repoussée du pied, était renversée à côté de lui ; sa tête était penchée convulsivement sur une épaule ; son visage, boursouflé, et ses yeux, tout grands ouverts avec une fixité effrayante, me causèrent d'abord l'illusion de la vie. Le dépendre n'était pas une besogne aussi facile que vous le pouvez croire. Il était déjà fort roide[2], et j'avais une répugnance[3] inexplicable à le faire brusquement tomber sur le sol.

1. Larcin : petit vol.
2. Roide : raide.
3. Répugnance : horreur, dégoût.

Il fallait le soutenir tout entier avec un bras, et, avec la main de l'autre bras, couper la corde. Mais cela fait, tout n'était pas fini ; le petit monstre s'était servi d'une ficelle fort mince qui était entrée profondément dans les chairs, et il fallait maintenant, avec de minces ciseaux, chercher la corde entre les deux bourrelets de l'enflure, pour lui dégager le cou.

« J'ai négligé de vous dire que j'avais vivement appelé au secours ; mais tous mes voisins avaient refusé de me venir en aide, fidèles en cela aux habitudes de l'homme civilisé, qui ne veut jamais, je ne sais pourquoi, se mêler des affaires d'un pendu. Enfin vint un médecin qui déclara que l'enfant était mort depuis plusieurs heures. Quand, plus tard, nous eûmes à le déshabiller pour l'ensevelissement, la rigidité cadavérique était telle, que, désespérant de fléchir les membres, nous dûmes lacérer et couper les vêtements pour les lui enlever.

« Le commissaire, à qui, naturellement, je dus déclarer l'accident, me regarda de travers, et me dit : « Voilà qui est louche ! » mû sans doute par un désir invétéré[1] et une habitude d'état de faire peur, à tout hasard, aux innocents comme aux coupables.

« Restait une tâche suprême à accomplir, dont la seule pensée me causait une angoisse terrible : il fallait avertir les parents. Mes pieds refusaient de m'y conduire. Enfin j'eus ce courage. Mais, à mon grand étonnement, la mère fut impassible, pas une larme ne suinta du coin de son œil. J'attribuai cette étrangeté à l'horreur même qu'elle devait éprouver, et je me souvins de la sentence[2] connue : « Les douleurs les plus

1. **Invétéré** : très ancré.

2. **Sentence** : maxime, adage.

terribles sont les douleurs muettes. » Quant au père, il se contenta de dire d'un air moitié abruti, moitié rêveur : « Après tout, cela vaut peut-être mieux ainsi ; il aurait toujours mal fini ! »

« Cependant le corps était étendu sur mon divan, et, assisté d'une servante, je m'occupais des derniers préparatifs, quand la mère entra dans mon atelier. Elle voulait, disait-elle, voir le cadavre de son fils. Je ne pouvais pas, en vérité, l'empêcher de s'enivrer de son malheur et lui refuser cette suprême et sombre consolation. Ensuite elle me pria de lui montrer l'endroit où son petit s'était pendu. « Oh ! non ! madame, – lui répondis-je, – cela vous ferait mal. » Et comme involontairement mes yeux se tournaient vers la funèbre armoire, je m'aperçus, avec un dégoût mêlé d'horreur et de colère, que le clou était resté fiché dans la paroi, avec un long bout de corde qui traînait encore. Je m'élançai vivement pour arracher ces derniers vestiges du malheur, et comme j'allais les lancer au dehors par la fenêtre ouverte, la pauvre femme saisit mon bras et me dit d'une voix irrésistible : « Oh ! monsieur ! laissez-moi cela ! je vous en prie ! je vous en supplie ! » Son désespoir l'avait, sans doute, me parut-il, tellement affolée, qu'elle s'éprenait de tendresse maintenant pour ce qui avait servi d'instrument à la mort de son fils, et le voulait garder comme une horrible et chère relique[1]. – Et elle s'empara du clou et de la ficelle.

« Enfin ! enfin ! tout était accompli. Il ne me restait plus qu'à me remettre au travail, plus vivement encore que d'habitude, pour chasser peu à peu ce petit cadavre qui hantait

1. **Relique** : dans le sens ici d'objet auquel on attache le plus grand prix, comme s'il était sacré.

les replis de mon cerveau, et dont le fantôme me fatiguait de ses grands yeux fixes. Mais le lendemain je reçus un paquet de lettres : les unes, des locataires de ma maison, quelques autres des maisons voisines ; l'une, du premier étage ; l'autre, du second ; l'autre, du troisième, et ainsi de suite, les unes en style demi-plaisant, comme cherchant à déguiser sous un apparent badinage la sincérité de la demande ; les autres, lourdement effrontées et sans orthographe, mais toutes tendant au même but, c'est-à-dire à obtenir de moi un morceau de la funeste et béatifique corde[1]. Parmi les signataires il y avait, je dois le dire, plus de femmes que d'hommes ; mais tous, croyez-le bien, n'appartenaient pas à la classe infime et vulgaire[2]. J'ai gardé ces lettres.

« Et alors, soudainement, une lueur se fit dans mon cerveau, et je compris pourquoi la mère tenait tant à m'arracher la ficelle et par quel commerce elle entendait se consoler. »

31 LES VOCATIONS

Dans un beau jardin où les rayons d'un soleil automnal semblaient s'attarder à plaisir, sous un ciel déjà verdâtre où des nuages d'or flottaient comme des continents en voyage, quatre beaux enfants, quatre garçons, las de jouer sans doute, causaient entre eux.

L'un disait : « Hier on m'a mené au théâtre. Dans des palais grands et tristes[3], au fond desquels on voit la mer et le ciel,

1. Béatifique corde : bienheureuse corde (toucher la corde d'un pendu ou en posséder un morceau est censé porter chance).

2. Classe infime et vulgaire : classe sociale du bas de l'échelle et grossière.

3. Dans des palais grands et tristes : il s'agit du décor d'une tragédie.

des hommes et des femmes, sérieux et tristes aussi, mais bien plus beaux et bien mieux habillés que ceux que nous voyons partout, parlent avec une voix chantante. Ils se menacent, ils supplient, ils se désolent, et ils appuient souvent leur main sur un poignard enfoncé dans leur ceinture. Ah ! c'est bien beau ! Les femmes sont bien plus belles et bien plus grandes que celles qui viennent nous voir à la maison, et, quoique avec leurs grands yeux creux et leurs joues enflammées elles aient l'air terrible, on ne peut pas s'empêcher de les aimer. On a peur, on a envie de pleurer, et cependant l'on est content… Et puis, ce qui est plus singulier, cela donne envie d'être habillé de même, de dire et de faire les mêmes choses, et de parler avec la même voix… »

L'un des quatre enfants, qui depuis quelques secondes n'écoutait plus le discours de son camarade et observait avec une fixité étonnante je ne sais quel point du ciel, dit tout à coup : « Regardez, regardez là-bas… ! *Le* voyez-vous ? Il est assis sur ce petit nuage isolé, ce petit nuage couleur de feu, qui marche doucement. *Lui* aussi, on dirait qu'*il* nous regarde. »

« Mais qui donc ? » demandèrent les autres.

« Dieu ! » répondit-il avec un accent parfait de conviction. « Ah ! il est déjà bien loin ; tout à l'heure, vous ne pourrez plus le voir. Sans doute il voyage, pour visiter tous les pays. Tenez, il va passer derrière cette rangée d'arbres qui est presque à l'horizon… et maintenant il descend derrière le clocher… Ah ! on ne le voit plus ! » Et l'enfant resta longtemps tourné du même côté, fixant sur la ligne qui sépare la terre du ciel des yeux où brillait une inexprimable expression d'extase[1] et de regret.

1. Extase : bonheur intense.

« Est-il bête, celui-là, avec son bon Dieu, que lui seul peut apercevoir ! » dit alors le troisième, dont toute la petite personne était marquée d'une vivacité et d'une vitalité singulières. Moi, je vais vous raconter comment il m'est arrivé quelque chose qui ne vous est jamais arrivé, et qui est un peu plus intéressant que votre théâtre et vos nuages. – Il y a quelques jours, mes parents m'ont emmené en voyage avec eux, et, comme dans l'auberge où nous nous sommes arrêtés, il n'y avait pas assez de lits pour nous tous, il a été décidé que je dormirais dans le même lit que ma bonne. » – Il attira ses camarades plus près de lui, et parla d'une voix plus basse. – « Ça fait un singulier effet, allez, de n'être pas couché seul et d'être dans un lit avec sa bonne, dans les ténèbres. Comme je ne dormais pas, je me suis amusé, pendant qu'elle dormait, à passer ma main sur ses bras, sur son cou et sur ses épaules. Elle a les bras et le cou bien plus gros que toutes les autres femmes, et la peau en est si douce, si douce, qu'on dirait du papier à lettre ou du papier de soie. J'y avais tant de plaisir que j'aurais longtemps continué, si je n'avais pas eu peur, peur de la réveiller d'abord, et puis encore peur de je ne sais quoi. Ensuite j'ai fourré ma tête dans ses cheveux qui pendaient dans son dos, épais comme une crinière, et ils sentaient aussi bon, je vous assure, que les fleurs du jardin, à cette heure-ci. Essayez, quand vous pourrez, d'en faire autant que moi, et vous verrez ! »

Le jeune auteur de cette prodigieuse révélation avait, en faisant son récit, les yeux écarquillés par une sorte de stupéfaction de ce qu'il éprouvait encore, et les rayons du soleil couchant, en glissant à travers les boucles rousses de sa chevelure ébouriffée, y allumaient comme une auréole sulfureuse[1]

1. Sulfureuse : satanique.

de passion. Il était facile de deviner que celui-là ne perdrait pas sa vie à chercher la Divinité dans les nuées[1], et qu'il la trouverait fréquemment ailleurs.

Enfin le quatrième dit : « Vous savez que je ne m'amuse guère à la maison ; on ne me mène jamais au spectacle ; mon tuteur est trop avare ; Dieu ne s'occupe pas de moi et de mon ennui, et je n'ai pas une belle bonne pour me dorloter. Il m'a souvent semblé que mon plaisir serait d'aller toujours droit devant moi, sans savoir où, sans que personne s'en inquiète, et de voir toujours des pays nouveaux. Je ne suis jamais bien nulle part, et je crois toujours que je serais mieux ailleurs que là où je suis. Eh bien ! j'ai vu, à la dernière foire du village voisin, trois hommes qui vivent comme je voudrais vivre. Vous n'y avez pas fait attention, vous autres. Ils étaient grands, presque noirs et très fiers, quoique en guenilles, avec l'air de n'avoir besoin de personne. Leurs grands yeux sombres sont devenus tout à fait brillants pendant qu'ils faisaient de la musique ; une musique si surprenante qu'elle donne envie tantôt de danser, tantôt de pleurer, ou de faire les deux à la fois, et qu'on deviendrait comme fou si on les écoutait trop longtemps. L'un, en traînant son archet sur son violon, semblait raconter un chagrin, et l'autre, en faisant sautiller son petit marteau[2] sur les cordes d'un petit piano suspendu à son cou par une courroie, avait l'air de se moquer de la plainte de son voisin, tandis que le troisième choquait, de temps à autre ses cymbales avec une violence extraordinaire. Ils étaient si contents d'eux-mêmes, qu'ils ont continué à jouer leur

1. **Nuées** : nuages.
2. **Marteau** : petite pièce de bois frappant les cordes d'un piano et les faisant vibrer.

musique de sauvages, même après que la foule s'est dispersée. Enfin ils ont ramassé leurs sous, ont chargé leur bagage sur leur dos, et sont partis. Moi, voulant savoir où ils demeuraient, je les ai suivis de loin, jusqu'au bord de la forêt, où j'ai compris seulement alors qu'ils ne demeuraient nulle part.

Alors l'un a dit : « Faut-il déployer la tente ? »

« Ma foi ! non ! » a répondu l'autre, « il fait une si belle nuit ! »

Le troisième disait en comptant la recette : « Ces gens-là ne sentent pas la musique, et leurs femmes dansent comme des ours. Heureusement, avant un mois nous serons en Autriche, où nous trouverons un peuple plus aimable. »

« Nous ferions peut-être mieux d'aller vers l'Espagne, car voici la saison qui s'avance ; fuyons avant les pluies et ne mouillons que notre gosier », a dit un des deux autres.

« J'ai tout retenu, comme vous voyez. Ensuite ils ont bu chacun une tasse d'eau-de-vie et se sont endormis, le front tourné vers les étoiles. J'avais eu d'abord envie de les prier de m'emmener avec eux et de m'apprendre à jouer de leurs instruments ; mais je n'ai pas osé, sans doute parce qu'il est toujours très difficile de se décider à n'importe quoi, et aussi parce que j'avais peur d'être rattrapé avant d'être hors de France. »

L'air peu intéressé des trois autres camarades me donna à penser que ce petit était déjà un *incompris.* Je le regardais attentivement ; il y avait dans son œil et dans son front ce je ne sais quoi de précocement fatal qui éloigne généralement la sympathie, et qui, je ne sais pourquoi, excitait la mienne, au point que j'eus un instant l'idée bizarre que je pouvais avoir un frère à moi-même inconnu.

Le soleil s'était couché. La nuit solennelle avait pris place. Les enfants se séparèrent, chacun allant, à son insu[1], selon les circonstances et les hasards, mûrir sa destinée, scandaliser ses proches et graviter vers la gloire ou vers le déshonneur.

32 LE THYRSE[2]

À Franz Liszt[3]

Qu'est-ce qu'un thyrse ? Selon le sens moral et poétique, c'est un emblème sacerdotal[4] dans la main des prêtres ou des prêtresses célébrant la divinité dont ils sont les interprètes et les serviteurs. Mais physiquement ce n'est qu'un bâton, un pur bâton, perche à houblon[5], tuteur de vigne, sec, dur et droit. Autour de ce bâton, dans des méandres capricieux, se jouent et folâtrent[6] des tiges et des fleurs, celles-ci sinueuses et fuyardes, celles-là penchées comme des cloches ou des coupes renversées. Et une gloire étonnante jaillit de cette complexité de lignes et de couleurs, tendres ou éclatantes. Ne dirait-on pas que la ligne courbe et la spirale font leur cour à la ligne droite et dansent autour dans une muette adoration ? Ne dirait-on pas que toutes ces corolles[7]

---

1. À son insu : sans le savoir.

2. Thyrse : bâton entouré de feuilles de lierre et de vigne, de pommes de pin et parfois de fleurs, que portaient Bacchus, le dieu du vin et de l'ivresse, ainsi que les servantes de son culte, les « bacchantes ».

3. Franz Liszt : compositeur et pianiste virtuose d'origine hongroise (1811-1886).

4. Sacerdotal : qui est propre aux prêtres (ici ceux et celles de Bacchus).

5. Houblon : nom d'une plante grimpante (autour d'une « perche ») entrant dans la composition de la bière.

6. Folâtrent : s'agitent gaiement.

7. Corolles : pétales des fleurs.

délicates, tous ces calices[1], explosions de senteurs et de couleurs, exécutent un mystique fandango[2] autour du bâton hiératique[3] ? Et quel est, cependant, le mortel imprudent qui osera décider si les fleurs et les pampres[4] ont été faits pour le bâton, ou si le bâton n'est que le prétexte pour montrer la beauté des pampres et des fleurs ? Le thyrse est la représentation de votre étonnante dualité, maître puissant et vénéré, cher Bacchant[5] de la Beauté mystérieuse et passionnée. Jamais nymphe[6] exaspérée par l'invincible Bacchus ne secoua son thyrse sur les têtes de ses compagnes affolées avec autant d'énergie et de caprice que vous agitez votre génie sur les cœurs de vos frères. – Le bâton, c'est votre volonté, droite, ferme et inébranlable ; les fleurs, c'est la promenade de votre fantaisie autour de votre volonté ; c'est l'élément féminin exécutant autour du mâle ses prestigieuses pirouettes. Ligne droite et ligne arabesque, intention et expression, roideur[7] de la volonté, sinuosité du verbe, unité du but, variété des moyens, amalgame tout-puissant et indivisible du génie, quel analyste aura le détestable courage de vous diviser et de vous séparer ?

Cher Liszt, à travers les brumes, par-delà les fleuves, pardessus les villes où les pianos chantent votre gloire, où l'imprimerie traduit votre sagesse, en quelque lieu que vous soyez,

1. Calices : enveloppes que forment les pétales.

2. Fandango : danse espagnole d'origine andalouse sur un accompagnement de castagnettes.

3. Hiératique : sacré.

4. Pampres : rameaux de vigne avec feuilles et grappes.

5. Bacchant : homme du culte de Bacchus.

6. Nymphe : déesse des montagnes, des forêts, des mers ou des rivières.

7. Roideur : raideur.

dans les splendeurs de la ville éternelle ou dans les brumes des pays rêveurs que console Cambrinus[1], improvisant des chants de délectation ou d'ineffable douleur, ou confiant au papier vos méditations abstruses[2], chantre de la Volupté et de l'Angoisse éternelles, philosophe, poète et artiste, je vous salue en l'immortalité !

33 ENIVREZ-VOUS

Il faut être toujours ivre. Tout est là : c'est l'unique question. Pour ne pas sentir l'horrible fardeau du Temps qui brise vos épaules et vous penche vers la terre, il faut vous enivrer sans trêve.

Mais de quoi ? De vin, de poésie ou de vertu, à votre guise. Mais enivrez-vous.

Et si quelquefois, sur les marches d'un palais, sur l'herbe verte d'un fossé, dans la solitude morne de votre chambre, vous vous réveillez, l'ivresse déjà diminuée ou disparue, demandez au vent, à la vague, à l'étoile, à l'oiseau, à l'horloge, à tout ce qui fuit, à tout ce qui gémit, à tout ce qui roule, à tout ce qui chante, à tout ce qui parle, demandez quelle heure il est ; et le vent, la vague, l'étoile, l'oiseau, l'horloge, vous répondront : « Il est l'heure de s'enivrer ! Pour n'être pas les esclaves martyrisés du Temps, enivrez-vous ; enivrez-vous sans cesse ! De vin, de poésie ou de vertu, à votre guise. »

---

1. Cambrinus : personnage légendaire flamand qui aurait inventé le brassage de la bière.

2. Abstruses : abstraites et savantes.

34 Déjà !

Cent fois déjà le soleil avait jailli, radieux ou attristé, de cette cuve immense de la mer dont les bords ne se laissent qu'à peine apercevoir ; cent fois il s'était replongé, étincelant ou morose, dans son immense bain du soir. Depuis nombre de jours, nous pouvions contempler l'autre côté du firmament et déchiffrer l'alphabet céleste des antipodes[1]. Et chacun des passagers gémissait et grognait. On eût dit que l'approche de la terre exaspérait leur souffrance. « Quand donc, disaient-ils, cesserons-nous de dormir un sommeil secoué par la lame[2], troublé par un vent qui ronfle plus haut que nous ? Quand pourrons-nous digérer dans un fauteuil immobile ? »

Il y en avait qui pensaient à leur foyer, qui regrettaient leurs femmes infidèles et maussades, et leur progéniture criarde. Tous étaient si affolés par l'image de la terre absente, qu'ils auraient, je crois, mangé de l'herbe avec plus d'enthousiasme que les bêtes.

Enfin un rivage fut signalé ; et nous vîmes, en approchant, que c'était une terre magnifique, éblouissante. Il semblait que les musiques de la vie s'en détachaient en un vague murmure, et que de ces côtes, riches en verdures de toute sorte, s'exhalait, jusqu'à plusieurs lieues, une délicieuse odeur de fleurs et de fruits.

Aussitôt chacun fut joyeux, chacun abdiqua sa mauvaise humeur. Toutes les querelles furent oubliées, tous les torts réciproques pardonnés ; les duels convenus furent rayés de la mémoire, et les rancunes s'envolèrent comme des fumées.

1. Antipodes : désignation de tout lieu de la Terre diamétralement opposé à un autre (l'hémisphère sud par exemple par rapport à l'hémisphère nord).

2. Lame : le flot, les vagues de la mer.

Moi seul j'étais triste, inconcevablement triste. Semblable à un prêtre à qui on arracherait sa divinité, je ne pouvais, sans une navrante amertume, me détacher de cette mer si monstrueusement séduisante, de cette mer si infiniment variée dans son effrayante simplicité, et qui semble contenir en elle et représenter par ses jeux, ses allures, ses colères et ses sourires, les humeurs, les agonies et les extases[1] de toutes les âmes qui ont vécu, qui vivent et qui vivront ! En disant adieu à cette incomparable beauté, je me sentais abattu jusqu'à la mort ; et c'est pourquoi, quand chacun de mes compagnons dit : « Enfin ! » je ne pus crier que : « *Déjà !* »

Cependant c'était la terre, la terre avec ses bruits, ses passions, ses commodités[2], ses fêtes ; c'était une terre riche et magnifique, pleine de promesses, qui nous envoyait un mystérieux parfum de rose et de musc[3], et d'où les musiques de la vie nous arrivaient en un amoureux murmure.

35 LES FENÊTRES

Celui qui regarde du dehors à travers une fenêtre ouverte, ne voit jamais autant de choses que celui qui regarde une fenêtre fermée. Il n'est pas d'objet plus profond, plus mystérieux, plus fécond, plus ténébreux, plus éblouissant qu'une fenêtre éclairée d'une chandelle. Ce qu'on peut voir au soleil est toujours moins intéressant que ce qui se passe derrière une vitre. Dans ce trou noir ou lumineux vit la vie, rêve la vie, souffre la vie.

1. Extases : joies intenses, ravissements.
2. Commodités : facilités, confort.
3. Musc : parfum tenace, à base de miel.

Par-delà des vagues de toits, j'aperçois une femme mûre, ridée déjà, pauvre, toujours penchée sur quelque chose, et qui ne sort jamais. Avec son visage, avec son vêtement, avec son geste, avec presque rien, j'ai refait l'histoire de cette femme, ou plutôt sa légende, et quelquefois je me la raconte à moi-même en pleurant.

Si c'eût été un pauvre vieux homme, j'aurais refait la sienne tout aussi aisément.

Et je me couche, fier d'avoir vécu et souffert dans d'autres que moi-même.

Peut-être me direz-vous : « Es-tu sûr que cette légende soit la vraie ? » Qu'importe ce que peut être la réalité placée hors de moi, si elle m'a aidé à vivre, à sentir que je suis et ce que je suis ?

36 Le désir de peindre

Malheureux peut-être l'homme, mais heureux l'artiste que le désir déchire !

Je brûle de peindre celle qui m'est apparue si rarement et qui a fui si vite, comme une belle chose regrettable derrière le voyageur emporté dans la nuit. Comme il y a longtemps déjà qu'elle a disparu !

Elle est belle, et plus que belle ; elle est surprenante. En elle le noir abonde : et tout ce qu'elle inspire est nocturne et profond. Ses yeux sont deux antres[1] où scintille vaguement le mystère, et son regard illumine comme l'éclair : c'est une explosion dans les ténèbres.

---

1. Antres : grottes.

Je la comparerais à un soleil noir, si l'on pouvait concevoir un astre noir versant la lumière et le bonheur. Mais elle fait plus volontiers penser à la lune, qui sans doute l'a marquée de sa redoutable influence ; non pas la lune blanche des idylles[1], qui ressemble à une froide mariée, mais la lune sinistre et enivrante, suspendue au fond d'une nuit orageuse et bousculée par les nuées[2] qui courent ; non pas la lune paisible et discrète visitant le sommeil des hommes purs, mais la lune arrachée du ciel, vaincue et révoltée, que les Sorcières thessaliennes[3] contraignent durement à danser sur l'herbe terrifiée !

Dans son petit front habitent la volonté tenace et l'amour de la proie. Cependant, au bas de ce visage inquiétant, où des narines mobiles aspirent l'inconnu et l'impossible, éclate, avec une grâce inexprimable, le rire d'une grande bouche, rouge et blanche, et délicieuse, qui fait rêver au miracle d'une superbe fleur éclose dans un terrain volcanique.

Il y a des femmes qui inspirent l'envie de les vaincre et de jouir d'elles ; mais celle-ci donne le désir de mourir lentement sous son regard.

37 LES BIENFAITS DE LA LUNE

La Lune, qui est le caprice même, regarda par la fenêtre pendant que tu dormais dans ton berceau, et se dit : « Cette enfant me plaît. »

---

1. Idylles : amours.

2. Nuées : nuages.

3. Sorcières thessaliennes : la Thessalie, région du nord-ouest de la Grèce, abritait, selon la mythologie, de nombreuses et illustres sorcières.

Et elle descendit moelleusement son escalier de nuages et passa sans bruit à travers les vitres. Puis elle s'étendit sur toi avec la tendresse souple d'une mère, et elle déposa ses couleurs sur ta face. Tes prunelles en sont restées vertes, et tes joues extraordinairement pâles. C'est en contemplant cette visiteuse que tes yeux se sont si bizarrement agrandis ; et elle t'a si tendrement serrée à la gorge que tu en as gardé pour toujours l'envie de pleurer.

Cependant, dans l'expansion de sa joie, la Lune remplissait toute la chambre comme une atmosphère phosphorique[1], comme un poison lumineux ; et toute cette lumière vivante pensait et disait : « Tu subiras éternellement l'influence de mon baiser. Tu seras belle à ma manière. Tu aimeras ce que j'aime et ce qui m'aime : l'eau, les nuages, le silence et la nuit ; la mer immense et verte ; l'eau uniforme et multiforme ; le lieu où tu ne seras pas ; l'amant que tu ne connaîtras pas ; les fleurs monstrueuses ; les parfums qui font délirer ; les chats qui se pâment[2] sur les pianos et qui gémissent comme les femmes, d'une voix rauque et douce !

« Et tu seras aimée de mes amants, courtisée par mes courtisans. Tu seras la reine des hommes aux yeux verts dont j'ai serré aussi la gorge dans mes caresses nocturnes ; de ceux-là qui aiment la mer, la mer immense, tumultueuse et verte, l'eau informe et multiforme, le lieu où ils ne sont pas, la femme qu'ils ne connaissent pas, les fleurs sinistres qui ressemblent aux encensoirs[3] d'une

1. Phosphorique : phosphorescente.

2. Se pâment : dans le sens ici de « s'allongent, dorment », comme si les chats défaillaient d'émotion.

3. Encensoirs : sortes de brûle-parfums suspendus à des chaînettes dans lesquels on brûle de l'encens.

religion inconnue, les parfums qui troublent la volonté, et les animaux sauvages et voluptueux qui sont les emblèmes de leur folie. »

Et c'est pour cela, maudite chère enfant gâtée, que je suis maintenant couché à tes pieds, cherchant dans toute ta personne le reflet de la redoutable Divinité, de la fatidique[1] marraine, de la nourrice empoisonneuse de tous les *lunatiques*[2].

38 LAQUELLE EST LA VRAIE ?

J'ai connu une certaine Bénédicta, qui remplissait l'atmosphère d'idéal, et dont les yeux répandaient le désir de la grandeur, de la beauté, de la gloire et de tout ce qui fait croire à l'immortalité.

Mais cette fille miraculeuse était trop belle pour vivre longtemps ; aussi est-elle morte quelques jours après que j'eus fait sa connaissance, et c'est moi-même qui l'ai enterrée, un jour que le printemps agitait son encensoir[3] jusque dans les cimetières. C'est moi qui l'ai enterrée, bien close dans une bière[4] d'un bois parfumé et incorruptible[5] comme les coffres de l'Inde.

Et comme mes yeux restaient fichés sur le lieu où était enfoui mon trésor, je vis subitement une petite personne qui

1. Fatidique : fatale, comme voulue par le destin.

2. Lunatiques : gens soumis aux influences de la lune et censés être capricieux, versatiles.

3. Encensoir : sorte de brûle-parfum suspendu à des chaînettes dans lequel on brûle de l'encens.

4. Bière : cercueil.

5. Incorruptible : imputrescible, qui ne pourrit pas, ne se « corrompt » pas.

ressemblait singulièrement à la défunte, et qui, piétinant sur la terre fraîche avec une violence hystérique et bizarre, disait en éclatant de rire : « C'est moi, la vraie Bénédicta ! C'est moi, une fameuse canaille ! Et pour la punition de ta folie et de ton aveuglement, tu m'aimeras telle que je suis ! »

Mais moi, furieux, j'ai répondu : « Non ! non ! non ! » Et pour mieux accentuer mon refus, j'ai frappé si violemment la terre du pied que ma jambe s'est enfoncée jusqu'au genou dans la sépulture récente, et que, comme un loup pris au piège, je reste attaché, pour toujours peut-être, à la fosse de l'idéal.

39 Un cheval de race

Elle est bien laide. Elle est délicieuse pourtant !

Le Temps et l'Amour l'ont marquée de leurs griffes et lui ont cruellement enseigné ce que chaque minute et chaque baiser emportent de jeunesse et de fraîcheur.

Elle est vraiment laide ; elle est fourmi, araignée, si vous voulez, squelette même ; mais aussi elle est breuvage, magistère[1], sorcellerie ! en somme, elle est exquise.

Le Temps n'a pu rompre l'harmonie pétillante de sa démarche ni l'élégance indestructible de son armature[2]. L'Amour n'a pas altéré la suavité[3] de son haleine d'enfant ; et le Temps n'a rien arraché de son abondante crinière d'où s'exhale en fauves parfums toute la vitalité endiablée du Midi français : Nîmes, Aix, Arles, Avignon, Narbonne, Toulouse, villes bénies du soleil, amoureuses et charmantes !

---

1. **Magistère** : dans le vocabulaire de l'alchimie, élixir aux vertus puissantes.
2. **Armature** : ossature, corps.
3. **Suavité** : douceur sensuelle.

Le Temps et l'Amour l'ont vainement mordue à belles dents ; ils n'ont rien diminué du charme vague, mais éternel, de sa poitrine garçonnière.

Usée peut-être, mais non fatiguée, et toujours héroïque, elle fait penser à ces chevaux de grande race que l'œil du véritable amateur reconnaît, même attelés à un carrosse de louage[1] ou à un lourd chariot.

Et puis elle est si douce et si fervente ! Elle aime comme on aime en automne ; on dirait que les approches de l'hiver allument dans son cœur un feu nouveau, et la servilité de sa tendresse n'a jamais rien de fatigant.

40 Le miroir

Un homme épouvantable entre et se regarde dans la glace.

« Pourquoi vous regardez-vous au miroir, puisque vous ne pouvez vous y voir qu'avec déplaisir ? »

L'homme épouvantable me répond : « – Monsieur, d'après les immortels principes de 89[2], tous les hommes sont égaux en droits ; donc je possède le droit de me mirer[3] ; avec plaisir ou déplaisir, cela ne regarde que ma conscience. »

Au nom du bon sens, j'avais sans doute raison ; mais, au point de vue de la loi, il n'avait pas tort.

1. Carrosse de louage : carrosse de location.
2. 89 : 1789.
3. Me mirer : me regarder (dans le miroir).

41 LE PORT

Un port est un séjour charmant pour une âme fatiguée des luttes de la vie. L'ampleur du ciel, l'architecture mobile des nuages, les colorations changeantes de la mer, le scintillement des phares, sont un prisme[1] merveilleusement propre à amuser les yeux sans jamais les lasser. Les formes élancées des navires, au gréement[2] compliqué, auxquels la houle imprime des oscillations harmonieuses, servent à entretenir dans l'âme le goût du rythme et de la beauté. Et puis, surtout, il y a une sorte de plaisir mystérieux et aristocratique pour celui qui n'a plus ni curiosité ni ambition, à contempler, couché dans le belvédère[3] ou accoudé sur le môle[4], tous ces mouvements de ceux qui partent et de ceux qui reviennent, de ceux qui ont encore la force de vouloir, le désir de voyager ou de s'enrichir.

42 PORTRAITS DE MAÎTRESSES

Dans un boudoir[5] d'hommes, c'est-à-dire dans un fumoir attenant à un élégant tripot[6], quatre hommes fumaient et buvaient. Ils n'étaient précisément ni jeunes ni vieux, ni beaux ni laids ; mais vieux ou jeunes, ils portaient cette distinction non méconnaissable des vétérans[7] de la joie,

1. Prisme : miroir mouvant et déformant.

2. Gréement : tout le matériel servant à faire manœuvrer un bateau (mâts, voiles, cordages, etc.).

3. Belvédère : construction établie en un lieu élevé d'où la vue est dégagée ; peut-être, ici, un phare.

4. Môle : quai ou digue.

5. Boudoir : petit salon.

6. Tripot : maison de jeu mal fréquentée.

7. Vétérans : hommes d'expérience qui ont bien vécu, profité de l'existence.

cet indescriptible je ne sais quoi, cette tristesse froide et railleuse qui dit clairement : « Nous avons fortement vécu, et nous cherchons ce que nous pourrions aimer et estimer. »

L'un d'eux jeta la causerie[1] sur le sujet des femmes. Il eût été plus philosophique de n'en pas parler du tout ; mais il y a des gens d'esprit qui, après boire, ne méprisent pas les conversations banales. On écoute alors celui qui parle, comme on écouterait de la musique de danse.

« Tous les hommes, disait celui-ci, ont eu l'âge de Chérubin[2] : c'est l'époque où, faute de dryades[3], on embrasse, sans dégoût, le tronc des chênes. C'est le premier degré de l'amour. Au second degré, on commence à choisir. Pouvoir délibérer[4], c'est déjà une décadence. C'est alors qu'on recherche décidément la beauté. Pour moi, messieurs, je me fais gloire d'être arrivé, depuis longtemps, à l'époque climatérique[5] du troisième degré où la beauté elle-même ne suffit plus, si elle n'est assaisonnée par le parfum, la parure, et cætera. J'avouerai même que j'aspire quelquefois, comme à un bonheur inconnu, à un certain quatrième degré qui doit marquer le calme absolu. Mais, durant toute ma vie, excepté à l'âge de Chérubin, j'ai été plus sensible que tout autre à l'énervante sottise, à l'irritante médiocrité des femmes. Ce que j'aime surtout dans les animaux, c'est

1. Causerie : conversation.

2. Chérubin : personnage du *Mariage de Figaro* de Beaumarchais (1784), beau, sensible et amoureux.

3. Dryades : nymphes protectrices des forêts.

4. Pouvoir délibérer : pouvoir hésiter.

5. Climatérique : se dit d'une année de la vie humaine multiple de sept ou de neuf (comme 49 ou 81 ans) représentant un cap difficile à franchir ; par extension est « climatérique » ce qui est dangereux.

leur candeur[1]. Jugez donc combien j'ai dû souffrir par ma dernière maîtresse.

« C'était la bâtarde[2] d'un prince. Belle, cela va sans dire ; sans cela, pourquoi l'aurais-je prise ? Mais elle gâtait[3] cette grande qualité par une ambition malséante[4] et difforme. C'était une femme qui voulait toujours faire l'homme. « Vous n'êtes pas un homme ! Ah ! si j'étais un homme ! De nous deux, c'est moi qui suis l'homme ! » Tels étaient les insupportables refrains qui sortaient de cette bouche d'où je n'aurais voulu voir s'envoler que des chansons. À propos d'un livre, d'un poème, d'un opéra pour lequel je laissais échapper mon admiration : « Vous croyez peut-être que cela est très fort ? disait-elle aussitôt ; est-ce que vous vous connaissez en force[5] ? » et elle argumentait.

« Un beau jour elle s'est mise à la chimie ; de sorte qu'entre ma bouche et la sienne je trouvai désormais un masque de verre. Avec tout cela, fort bégueule[6]. Si parfois je la bousculais par un geste un peu trop amoureux, elle se convulsait comme une sensitive[7] violée…

– Comment cela a-t-il fini ? dit l'un des trois autres. Je ne vous savais pas si patient.

– Dieu, reprit-il, mit le remède dans le mal. Un jour je trouvai cette Minerve[8], affamée de force idéale, en tête-à-tête

1. **Candeur** : innocence, naïveté.
2. **Bâtarde** : fille naturelle, non juridiquement reconnue.
3. **Gâtait** : abîmait.
4. **Ambition malséante** : vif désir déplacé, choquant.
5. **En force** : en talent, en puissance et émotion esthétiques.
6. **Fort bégueule** : très prude.
7. **Sensitive** : mimosa dont les feuilles se rétractent au contact.
8. **Minerve** : déesse de la sagesse ; par extension une « Minerve » est une femme chaste et prude.

avec mon domestique, et dans une situation qui m'obligea à me retirer discrètement pour ne pas les faire rougir. Le soir je les congédiai tous les deux, en leur payant les arrérages de leurs gages[1].

– Pour moi, reprit l'interrupteur[2], je n'ai à me plaindre que de moi-même. Le bonheur est venu habiter chez moi, et je ne l'ai pas reconnu. La destinée m'avait, en ces derniers temps, octroyé la jouissance d'une femme qui était bien la plus douce, la plus soumise et la plus dévouée des créatures, et toujours prête ! et sans enthousiasme ! « Je le veux bien, puisque cela vous est agréable. » C'était sa réponse ordinaire. Vous donneriez la bastonnade à ce mur ou à ce canapé, que vous en tireriez plus de soupirs que n'en tiraient du sein de ma maîtresse les élans de l'amour le plus forcené. Après un an de vie commune, elle m'avoua qu'elle n'avait jamais connu le plaisir. Je me dégoûtai de ce duel inégal, et cette fille incomparable se maria. J'eus plus tard la fantaisie de la revoir, et elle me dit, en me montrant six beaux enfants : « Eh bien ! mon cher ami, l'épouse est encore aussi *vierge* que l'était votre maîtresse. » Rien n'était changé dans cette personne. Quelquefois je la regrette : j'aurais dû l'épouser. »

Les autres se mirent à rire, et un troisième dit à son tour :

« Messieurs, j'ai connu des jouissances que vous avez peut-être négligées. Je veux parier du comique dans l'amour, et d'un comique qui n'exclut pas l'admiration. J'ai plus admiré ma dernière maîtresse que vous n'avez pu, je crois, haïr ou aimer les vôtres. Et tout le monde l'admirait autant que moi.

1. **Arrérages de leurs gages** : salaires qui n'ont pas été payés à temps.
2. **Interrupteur** : celui qui coupe la parole à quelqu'un, qui interrompt.

Quand nous entrions dans un restaurant, au bout de quelques minutes, chacun oubliait de manger pour la contempler. Les garçons eux-mêmes et la dame du comptoir ressentaient cette extase[1] contagieuse jusqu'à oublier leurs devoirs. Bref, j'ai vécu quelque temps en tête-à-tête avec un *phénomène* vivant. Elle mangeait, mâchait, broyait, dévorait, engloutissait, mais avec l'air le plus léger et le plus insouciant du monde. Elle m'a tenu ainsi longtemps en extase. Elle avait une manière douce, rêveuse, anglaise et romanesque de dire : « J'ai faim ! » Et elle répétait ces mots jour et nuit en montrant les plus jolies dents du monde, qui vous eussent attendris et égayés à la fois. – J'aurais pu faire ma fortune en la montrant dans les foires comme *monstre polyphage*[2]. Je la nourrissais bien ; et cependant elle m'a quitté… – Pour un fournisseur aux vivres[3], sans doute ? – Quelque chose d'approchant, une espèce d'employé dans l'intendance qui, par quelque tour de bâton à lui connu, fournit peut-être à cette pauvre enfant la ration de plusieurs soldats. C'est du moins ce que j'ai supposé.

– Moi, dit le quatrième, j'ai enduré des souffrances atroces par le contraire de ce qu'on reproche en général à l'égoïste femelle. Je vous trouve mal venus, trop fortunés mortels, à vous plaindre des imperfections de vos maîtresses ! »

Cela fut dit d'un ton fort sérieux, par un homme d'un aspect doux et posé, d'une physionomie presque cléricale[4], malheureusement illuminée par des yeux d'un gris clair,

1. Extase : intense bonheur.
2. Polyphage : omnivore, qui mange de tout.
3. Fournisseur aux vivres : celui qui « fournit » du ravitaillement, des provisions.
4. Cléricale : rappelant la physionomie d'un prêtre.

de ces yeux dont le regard dit : « Je veux ! » ou : « Il faut ! » ou bien : « Je ne pardonne jamais ! »

« Si, nerveux comme je vous connais, vous, G..., lâches et légers comme vous êtes, vous deux, K... et J..., vous aviez été accouplés à une certaine femme de ma connaissance, ou vous vous seriez enfuis, ou vous seriez morts. Moi, j'ai survécu, comme vous voyez. Figurez-vous une personne incapable de commettre une erreur de sentiment ou de calcul ; figurez-vous une sérénité désolante de caractère ; un dévouement sans comédie et sans emphase[1] ; une douceur sans faiblesse ; une énergie sans violence. L'histoire de mon amour ressemble à un interminable voyage sur une surface pure et polie comme un miroir, vertigineusement monotone, qui aurait réfléchi tous mes sentiments et mes gestes avec l'exactitude ironique de ma propre conscience, de sorte que je ne pouvais pas me permettre un geste ou un sentiment déraisonnable sans apercevoir immédiatement le reproche muet de mon inséparable spectre. L'amour m'apparaissait comme une tutelle. Que de sottises elle m'a empêché de faire, que je regrette de n'avoir pas commises ! Que de dettes payées malgré moi ! Elle me privait de tous les bénéfices que j'aurais pu tirer de ma folie personnelle. Avec une froide et infranchissable règle, elle barrait tous mes caprices. Pour comble d'horreur, elle n'exigeait pas de reconnaissance, le danger passé. Combien de fois ne me suis-je pas retenu de lui sauter à la gorge, en lui criant : « Sois donc imparfaite, misérable ! afin que je puisse t'aimer sans malaise et sans colère ! » Pendant plusieurs années,

1. **Sans emphase** : sans affectation, sans exagération.

je l'ai admirée, le cœur plein de haine. Enfin, ce n'est pas moi qui en suis mort !

– Ah ! firent les autres, elle est donc morte ?

– Oui ! cela ne pouvait continuer ainsi. L'amour était devenu pour moi un cauchemar accablant. Vaincre ou mourir, comme dit la Politique, telle était l'alternative que m'imposait la destinée ! Un soir, dans un bois… au bord d'une mare… après une mélancolique promenade où ses yeux, à elle, réfléchissaient la douceur du ciel, et où mon cœur, à moi, était crispé comme l'enfer…

– Quoi !

– Comment !

– Que voulez-vous dire ?

– C'était inévitable. J'ai trop le sentiment de l'équité[1] pour battre, outrager ou congédier un serviteur irréprochable. Mais il fallait accorder ce sentiment avec l'horreur que cet être m'inspirait ; me débarrasser de cet être sans lui manquer de respect. Que vouliez-vous que je fisse d'elle, *puisqu'elle était parfaite ?* »

Les trois autres compagnons regardèrent celui-ci avec un regard vague et légèrement hébété[2], comme feignant de ne pas comprendre et comme avouant implicitement qu'ils ne se sentaient pas, quant à eux, capables d'une action aussi rigoureuse, quoique suffisamment expliquée d'ailleurs.

Ensuite on fit apporter de nouvelles bouteilles, pour tuer le Temps qui a la vie si dure, et accélérer la vie qui coule si lentement.

1. Équité : justice.
2. Hébété : stupide.

43 LE GALANT TIREUR

Comme la voiture traversait le bois, il la fit arrêter dans le voisinage d'un tir[1], disant qu'il lui serait agréable de tirer quelques balles pour *tuer* le Temps. Tuer ce monstre-là, n'est-ce pas l'occupation la plus ordinaire et la plus légitime de chacun ? – Et il offrit galamment la main à sa chère, délicieuse et exécrable[2] femme, à cette mystérieuse femme à laquelle il doit tant de plaisirs, tant de douleurs, et peut-être aussi une grande partie de son génie.

Plusieurs balles frappèrent loin du but proposé ; l'une d'elles s'enfonça même dans le plafond ; et comme la charmante créature riait follement, se moquant de la maladresse de son époux, celui-ci se tourna brusquement vers elle, et lui dit : « Observez cette poupée, là-bas, à droite, qui porte le nez en l'air et qui a la mine si hautaine. Eh bien ! cher ange, *je me figure que c'est vous* ». Et il ferma les yeux et il lâcha la détente. La poupée fut nettement décapitée.

Alors s'inclinant vers sa chère, sa délicieuse, son exécrable femme, son inévitable et impitoyable Muse[3], et lui baisant respectueusement la main, il ajouta : « Ah ! mon cher ange, combien je vous remercie de mon adresse ! »

---

1. Dans le voisinage d'un tir : dans le voisinage d'une baraque (foraine ?) de tir.

2. Exécrable : odieuse, détestable.

3. Muse : inspiratrice.

44 LA SOUPE ET LES NUAGES

Ma petite folle bien-aimée me donnait à dîner, et par la fenêtre ouverte de la salle à manger je contemplais les mouvantes architectures que Dieu fait avec les vapeurs, les merveilleuses constructions de l'impalpable. Et je me disais, à travers ma contemplation : « – Toutes ces fantasmagories[1] sont presque aussi belles que les yeux de ma belle bien-aimée, la petite folle monstrueuse aux yeux verts. »

Et tout à coup je reçus un violent coup de poing dans le dos, et j'entendis une voix rauque et charmante, une voix hystérique[2] et comme enrouée par l'eau-de-vie, la voix de ma chère petite bien-aimée, qui disait : « – Allez-vous bientôt manger votre soupe, s… b… de marchand de nuages ? »

45 LE TIR ET LE CIMETIÈRE

– *À la vue du cimetière, Estaminet*[3]. – « Singulière enseigne[4], – se dit notre promeneur, – mais bien faite pour donner soif ! À coup sûr, le maître de ce cabaret sait apprécier Horace[5] et les poètes élèves d'Épicure[6]. Peut-être même connaît-il le raffinement profond des anciens Égyptiens, pour qui il n'y

1. Fantasmagories : imaginations, rêveries.

2. Hystérique : excitée, nerveusement malade.

3. Estaminet : petit café populaire, bistrot.

4. Enseigne : petit panneau signalant un commerce.

5. Horace : poète latin (65-8 av. J.-C.), auteur notamment des *Satires* et d'*Épîtres*, recherchant des plaisirs épicuriens, et incitant à trouver le bonheur, ne serait-ce que dans le seul fait de vivre.

6. Épicure : philosophe grec (341-270 av. J.-C.) dont la philosophie – l'« épicurisme » – prônait la recherche du bonheur, sans verser toutefois dans les excès et la débauche.

avait pas de bon festin sans squelette[1], ou sans un emblème quelconque de la brièveté de la vie ».

Et il entra, but un verre de bière en face des tombes, et fuma lentement un cigare. Puis, la fantaisie le prit de descendre dans ce cimetière, dont l'herbe était si haute et si invitante[2], et où régnait un si riche soleil.

En effet, la lumière et la chaleur y faisaient rage, et l'on eût dit que le soleil ivre se vautrait tout de son long sur un tapis de fleurs magnifiques engraissées par la destruction[3]. Un immense bruissement de vie remplissait l'air, – la vie des infiniment petits, – coupé à intervalles réguliers par la crépitation des coups de feu d'un tir voisin, qui éclataient comme l'explosion des bouchons de champagne dans le bourdonnement d'une symphonie en sourdine.

Alors, sous le soleil qui lui chauffait le cerveau et dans l'atmosphère des ardents parfums de la Mort, il entendit une voix chuchoter sous la tombe où il s'était assis. Et cette voix disait : « Maudites soient vos cibles et vos carabines, turbulents[4] vivants, qui vous souciez si peu des défunts et de leur divin repos ! Maudites soient vos ambitions, maudits soient vos calculs, mortels impatients, qui venez étudier l'art de tuer auprès du sanctuaire de la Mort ! Si vous saviez comme le prix est facile à gagner, comme le but est facile à toucher, et combien tout est néant, excepté la Mort, vous ne vous fatigueriez pas tant, laborieux vivants, et vous troubleriez

1. Sans squelette : pour rappeler à l'homme qu'il est mortel, que la vie et les plaisirs n'ont qu'un temps.

2. Invitante : accueillante.

3. Par la destruction : par la décomposition (des cadavres).

4. Turbulents : bruyants.

moins souvent le sommeil de ceux qui depuis longtemps ont mis dans le But, dans le seul vrai but de la détestable vie ! »

46 Perte d'auréole[1]

« Eh ! quoi ! vous ici, mon cher ? Vous, dans un mauvais lieu ! vous, le buveur de quintessences[2] ! vous, le mangeur d'ambroisie[3] ! En vérité, il y a là de quoi me surprendre.

– Mon cher, vous connaissez ma terreur des chevaux et des voitures[4]. Tout à l'heure, comme je traversais le boulevard, en grande hâte, et que je sautillais dans la boue, à travers ce chaos mouvant où la mort arrive au galop de tous les côtés à la fois, mon auréole, dans un mouvement brusque, a glissé de ma tête dans la fange[5] du macadam. Je n'ai pas eu le courage de la ramasser. J'ai jugé moins désagréable de perdre mes insignes que de me faire rompre les os. Et puis, me suis-je dit, à quelque chose malheur est bon. Je puis maintenant me promener incognito, faire des actions basses, et me livrer à la crapule, comme les simples mortels. Et me voici, tout semblable à vous, comme vous voyez !

– Vous devriez au moins faire afficher cette auréole, ou la faire réclamer par le commissaire.

---

1. Auréole : cercle doré et glorieux que les saints et les anges portent au-dessus de leur tête, dans la peinture d'inspiration chrétienne.

2. Quintessences : les plus extrêmes concentrés d'une substance (d'un alcool plusieurs fois distillé, d'un parfum, et, par extension, d'une idée réduite à l'essentiel).

3. Ambroisie : dans l'antiquité, nourriture des dieux de l'Olympe, source d'éternité ; par extension, nourriture exquise.

4. Voitures : fiacres ou carrosses.

5. Fange : boue.

– Ma foi ! non. Je me trouve bien ici. Vous seul, vous m'avez reconnu. D'ailleurs la dignité m'ennuie. Ensuite je pense avec joie que quelque mauvais poète la ramassera et s'en coiffera impudemment. Faire un heureux, quelle jouissance ! et surtout un heureux qui me fera rire ! Pensez à X, ou à Z ! Hein ! comme ce sera drôle ! »

47 MADEMOISELLE BISTOURI[1]

Comme j'arrivais à l'extrémité du faubourg, sous les éclairs du gaz[2], je sentis un bras qui se coulait doucement sous le mien, et j'entendis une voix qui me disait à l'oreille : « Vous êtes médecin, monsieur ? »

Je regardai ; c'était une grande fille, robuste, aux yeux très ouverts, légèrement fardée[3], les cheveux flottant au vent avec les brides[4] de son bonnet.

« – Non ; je ne suis pas médecin. Laissez-moi passer. – Oh ! si ! vous êtes médecin. Je le vois bien. Venez chez moi. Vous serez bien content de moi, allez ! – Sans doute, j'irai vous voir, mais plus tard, *après le médecin,* que diable ! – Ah ! ah ! – fit-elle, toujours suspendue à mon bras, et en éclatant de rire, – vous êtes un médecin farceur, j'en ai connu plusieurs dans ce genre-là. Venez. »

J'aime passionnément le mystère, parce que j'ai toujours l'espoir de le débrouiller. Je me laissai donc entraîner par cette compagne, ou plutôt par cette énigme inespérée[5].

1. Bistouri : instrument de chirurgie servant à inciser les chairs.
2. Sous les éclairs du gaz : sous les éclairs des lampadaires à gaz.
3. Fardée : maquillée.
4. Brides : fils de laine (servant à attacher un bonnet).
5. Inespérée : inattendue.

J'omets la description du taudis ; on peut la trouver dans plusieurs vieux poètes français bien connus. Seulement, détail non aperçu par Régnier[1], deux ou trois portraits de docteurs célèbres étaient suspendus aux murs.

Comme je fus dorloté ! Grand feu, vin chaud, cigares ; et en m'offrant ces bonnes choses et en allumant elle-même un cigare, la bouffonne[2] créature me disait : « Faites comme chez vous, mon ami, mettez-vous à l'aise. Ça vous rappellera l'hôpital et le bon temps de la jeunesse. – Ah çà ! où donc avez-vous gagné ces cheveux blancs ? Vous n'étiez pas ainsi, il n'y a pas encore bien longtemps, quand vous étiez interne[3] de L... Je me souviens que c'était vous qui l'assistiez dans les opérations graves. En voilà un homme qui aime couper, tailler et rogner[4] ! C'était vous qui lui tendiez les instruments, les fils et les éponges. – Et comme, l'opération faite, il disait fièrement, en regardant sa montre : « Cinq minutes, messieurs ! » – Oh ! moi, je vais partout. Je connais bien ces Messieurs. »

Quelques instants plus tard, me tutoyant, elle reprenait son antienne[5], et me disait : « Tu es médecin, n'est-ce pas, mon chat ? »

Cet inintelligible refrain me fit sauter sur mes jambes. « Non ! criai-je furieux.

– Chirurgien, alors ?

---

1. **Régnier** : Mathurin Régnier (1573-1613), poète satirique.
2. **Bouffonne** : amusante.
3. **Interne** : jeune médecin qui, ayant réussi le concours de l' « internat », exerce dans un hôpital.
4. **Rogner** : réduire, retrancher.
5. **Antienne** : paroles sans cesse répétées.

– Non ! non ! à moins que ce ne soit pour te couper la tête ! S… s… c… de s… m… ![1]

– Attends, reprit-elle, tu vas voir. »

Et elle tira d'une armoire une liasse de papiers, qui n'était autre chose que la collection des portraits des médecins illustres de ce temps, lithographiés[2] par Maurin[3], qu'on a pu voir étalée pendant plusieurs années sur le quai Voltaire.

« Tiens ! le reconnais-tu celui-ci ?

– Oui ! c'est X. Le nom est au bas d'ailleurs ; mais je le connais personnellement.

– Je savais bien ! Tiens ! voilà Z. celui qui disait à son cours, en parlant de X. : « Ce monstre qui porte sur son visage la noirceur de son âme ! » Tout cela, parce que l'autre n'était pas de son avis dans la même affaire ! Comme on riait de ça à l'École[4], dans le temps ! Tu t'en souviens ? – Tiens, voilà K., celui qui dénonçait au gouvernement les insurgés qu'il soignait à son hôpital. C'était le temps des émeutes[5]. Comment est-ce possible qu'un si bel homme ait si peu de cœur ? – Voici maintenant W., un fameux médecin anglais ; je l'ai attrapé à son voyage à Paris. Il a l'air d'une demoiselle, n'est-ce pas ? »

1. S… s… c… de s… m… ! : Sacré saint ciboire de sainte maquerelle ! Ce juron est donc blasphématoire.

2. Lithographiés : reproduits par le procédé la lithographie (consistant à imprimer un dessin ou un texte préalablement gravé ou tracé sur une pierre calcaire).

3. Maurin : le portraitiste Nicolas Maurin (1799-1850).

4. L'École : l'école de médecine.

5. C'était le temps des émeutes : s'agit-il des émeutes de 1851 contre le coup d'État de Louis-Napoléon Bonaparte (futur Napoléon III) ou de celles qui soulevaient périodiquement les quartiers les plus pauvres de Paris ? Ce « temps » reste imprécis.

Et comme je touchais à un paquet ficelé, posé aussi sur le guéridon[1] : « Attends un peu, dit-elle ; – ça, c'est les internes, et ce paquet-ci, c'est les externes[2]. »

Et elle déploya en éventail une masse d'images photographiques, représentant des physionomies beaucoup plus jeunes.

« Quand nous nous reverrons, tu me donneras ton portrait, n'est-ce pas, chéri ?

– Mais, lui dis-je, suivant à mon tour, moi aussi, mon idée fixe, – pourquoi me crois-tu médecin ?

– C'est que tu es si gentil et si bon pour les femmes !

– Singulière logique ! me dis-je à moi-même.

– Oh ! je ne m'y trompe guère ; j'en ai connu un bon nombre. J'aime tant ces messieurs, que, bien que je ne sois pas malade, je vais quelquefois les voir, rien que pour les voir. Il y en a qui me disent froidement : « Vous n'êtes pas malade du tout ! « Mais il y en a d'autres qui me comprennent, parce que je leur fais des mines.

– Et quand ils ne te comprennent pas… ?

– Dame ! comme je les ai dérangés *inutilement,* je laisse dix francs sur la cheminée. – C'est si bon et si doux, ces hommes-là ! – j'ai découvert à la Pitié[3]un petit interne, qui est joli comme un ange, et qui est poli ! et qui travaille, le pauvre garçon ! Ses camarades m'ont dit qu'il n'avait pas le sou, parce que ses parents sont des pauvres qui ne peuvent rien lui envoyer. Cela m'a donné confiance. Après tout, je suis assez belle femme, quoique pas trop jeune. Je lui ai dit : « Viens me voir, viens me voir souvent.

1. Guéridon : petite table ronde, à pied central unique.

2. Externes : étudiants en médecine ayant effectué plus de trois années d'études et secondant les internes dans les hôpitaux.

3. La Pitié : hôpital de la Pitié-Salpêtrière à Paris.

Et avec moi, ne te gêne pas ; je n'ai pas besoin d'argent. » Mais tu comprends que je lui ai fait entendre ça par une foule de façons ; je ne le lui ai pas dit tout crûment ; j'avais si peur de l'humilier, ce cher enfant ! – Eh bien ! croirais-tu que j'ai une drôle d'envie que je n'ose pas lui dire ? – Je voudrais qu'il vînt me voir avec sa trousse et son tablier, même avec un peu de sang dessus ! »

Elle dit cela d'un air fort candide[1], comme un homme sensible dirait à une comédienne qu'il aimerait : « Je veux vous voir vêtue du costume que vous portiez dans ce fameux rôle que vous avez créé. »

Moi, m'obstinant, je repris : « Peux-tu te souvenir de l'époque et de l'occasion où est née en toi cette passion si particulière ? »

Difficilement je me fis comprendre ; enfin j'y parvins. Mais alors elle me répondit d'un air très triste, et même, autant que je peux me souvenir, en détournant les yeux : « Je ne sais pas... je ne me souviens pas. »

Quelles bizarreries ne trouve-t-on pas dans une grande ville, quand on sait se promener et regarder ? La vie fourmille de monstres innocents. – Seigneur, mon Dieu ! vous, le Créateur, vous, le Maître ; vous qui avez fait la Loi et la Liberté ; vous, le souverain qui laissez faire, vous, le juge qui pardonnez ; vous qui êtes plein de motifs et de causes, et qui avez peut-être mis dans mon esprit le goût de l'horreur pour convertir mon cœur, comme la guérison au bout d'une lame ; Seigneur ayez pitié, ayez pitié des fous et des folles ! Ô Créateur ! peut-il exister des monstres aux yeux de Celui-là seul qui sait pourquoi ils existent, comment ils *se sont faits* et comment ils auraient pu ne pas se faire ?

---

1. Candide : innocent.

48 ANYWHERE OUT OF THE WORLD N'IMPORTE OÙ HORS DU MONDE

Cette vie est un hôpital où chaque malade est possédé du désir de changer de lit. Celui-ci voudrait souffrir en face du poêle, et celui-là croit qu'il guérirait à côté de la fenêtre.

Il me semble que je serais toujours bien là où je ne suis pas, et cette question de déménagement en est une que je discute sans cesse avec mon âme.

« Dis-moi, mon âme, pauvre âme refroidie, que penserais-tu d'habiter Lisbonne[1] ? Il doit y faire chaud, et tu t'y ragaillardirais[2] comme un lézard. Cette ville est au bord de l'eau ; on dit qu'elle est bâtie en marbre, et que le peuple y a une telle haine du végétal, qu'il arrache tous les arbres. Voilà un paysage selon ton goût ; un paysage fait avec la lumière et le minéral, et le liquide pour les réfléchir ! »

Mon âme ne répond pas.

« Puisque tu aimes tant le repos, avec le spectacle du mouvement, veux-tu venir habiter la Hollande, cette terre béatifiante[3] ? Peut-être te divertiras-tu dans cette contrée dont tu as souvent admiré l'image dans les musées. Que penserais-tu de Rotterdam[4], toi qui aimes les forêts de mâts, et les navires amarrés au pied des maisons ? »

Mon âme reste muette.

« Batavia[5] te sourirait peut-être davantage ? Nous y trou-

1. **Lisbonne** : capitale du Portugal.
2. **Ragaillardirais** : reprendrais de la vitalité, revigorerais.
3. **Béatifiante** : qui rend heureux.
4. **Rotterdam** : principal port de Hollande.
5. **Batavia** : ancien nom de l'île indonésienne de Djakarta.

verions d'ailleurs l'esprit de l'Europe marié à la beauté tropicale. »

Pas un mot. – Mon âme serait-elle morte ?

« En es-tu donc venue à ce point d'engourdissement que tu ne te plaises que dans ton mal ? S'il en est ainsi, fuyons vers les pays qui sont les analogies de la Mort[1]. – Je tiens notre affaire, pauvre âme ! Nous ferons nos malles pour Tornéo[2]. Allons plus loin encore, à l'extrême bout de la Baltique ; encore plus loin de la vie, si c'est possible ; installons-nous au pôle. Là le soleil ne frise qu'obliquement la terre, et les lentes alternatives[3] de la lumière et de la nuit suppriment la variété et augmentent la monotonie, cette moitié du néant. Là, nous pourrons prendre de longs bains de ténèbres, cependant que, pour nous divertir, les aurores boréales nous enverront de temps en temps leurs gerbes roses, comme des reflets d'un feu d'artifice de l'Enfer ! »

Enfin, mon âme fait explosion, et sagement elle me crie : « N'importe où ! n'importe où ! pourvu que ce soit hors de ce monde ! »

49 Assommons les pauvres !

Pendant quinze jours je m'étais confiné[4] dans ma chambre, et je m'étais entouré des livres à la mode dans ce temps-là (il y a seize ou dix-sept ans) ; je veux parler des livres où il est

1. Analogies de la Mort : qui ressemblent à la Mort, parce qu'ils sont le domaine de l'ennui.

2. Tornéo : port de la mer Baltique, au nord du golfe de Bosnie.

3. Alternatives : alternances.

4. Confiné : enfermé, cloîtré.

traité de l'art de rendre les peuples heureux, sages et riches, en vingt-quatre heures. J'avais donc digéré, – avalé, veux-je dire, – toutes les élucubrations[1] de tous ces entrepreneurs de bonheur public, – de ceux qui conseillent à tous les pauvres de se faire esclaves, et de ceux qui leur persuadent qu'ils sont tous des rois détrônés. – On ne trouvera pas surprenant que je fusse alors dans un état d'esprit avoisinant le vertige ou la stupidité.

Il m'avait semblé seulement que je sentais, confiné au fond de mon intellect, le germe obscur d'une idée supérieure à toutes les formules de bonne femme dont j'avais récemment parcouru le dictionnaire. Mais ce n'était que l'idée d'une idée, quelque chose d'infiniment vague.

Et je sortis avec une grande soif. Car le goût passionné des mauvaises lectures engendre un besoin proportionnel du grand air et des rafraîchissants.

Comme j'allais entrer dans un cabaret, un mendiant me tendit son chapeau, avec un de ces regards inoubliables qui culbuteraient les trônes, si l'esprit remuait la matière, et si l'œil d'un magnétiseur[2] faisait mûrir les raisins.

En même temps, j'entendis une voix qui chuchotait à mon oreille, une voix que je reconnus bien ; c'était celle d'un bon Ange, ou d'un bon Démon, qui m'accompagne partout. Puisque Socrate[3] avait son bon Démon, pourquoi n'aurais-je pas mon bon Ange, et pourquoi n'aurais-je pas l'honneur,

1. Élucubrations : divagations.

2. Magnétiseur : personne qui recourt au magnétisme dont on pensait alors qu'il accélérait la croissance des fruits et des plantes.

3. Socrate : philosophe grec (vers 470-vers 399 av. J.-C.) mis en scène par Platon dans ses *Dialogues* et qui prétendait avoir un bon génie qui l'empêchait de commettre des erreurs.

comme Socrate, d'obtenir mon brevet de folie, signé du subtil Lélut[1] et du bien-avisé Baillarger ?

Il existe cette différence entre le Démon de Socrate et le mien, que celui de Socrate ne se manifestait à lui que pour défendre, avertir, empêcher, et que le mien daigne conseiller, suggérer, persuader. Ce pauvre Socrate n'avait qu'un Démon prohibiteur[2] ; le mien est un grand affirmateur, le mien est un Démon d'action, ou Démon de combat.

Or, sa voix me chuchotait ceci : « Celui-là seul est l'égal d'un autre, qui le prouve, et celui-là seul est digne de la liberté, qui sait la conquérir. »

Immédiatement, je sautai sur mon mendiant. D'un seul coup de poing, je lui bouchai un œil, qui devint, en une seconde, gros comme une balle. Je cassai un de mes ongles à lui briser deux dents, et comme je ne me sentais pas assez fort, étant né délicat et m'étant peu exercé à la boxe, pour assommer rapidement ce vieillard, je le saisis d'une main par le collet[3] de son habit, de l'autre, je l'empoignai à la gorge, et je me mis à lui secouer vigoureusement la tête contre un mur. Je dois avouer que j'avais préalablement inspecté les environs d'un coup d'œil, et que j'avais vérifié que dans cette banlieue déserte je me trouvais, pour un assez long temps, hors de la portée de tout agent de police.

Ayant ensuite, par un coup de pied lancé dans le dos, assez énergique pour briser les omoplates, terrassé ce sexagénaire

1. Lélut : Louis Francisque Lélut (1804-1877), médecin aliéniste (qui s'occupe de traiter les « aliénés », les fous), soutenait avec Baillarger, autre médecin aliéniste, que Socrate était un fou.

2. Prohibiteur : qui interdit.

3. Collet : col.

affaibli, je me saisis d'une grosse branche d'arbre qui traînait à terre, et je le battis avec l'énergie obstinée des cuisiniers qui veulent attendrir un beefsteack.

Tout à coup, – ô miracle ! ô jouissance du philosophe qui vérifie l'excellence de sa théorie ! – je vis cette antique carcasse se retourner, se redresser avec une énergie que je n'aurais jamais soupçonnée dans une machine si singulièrement détraquée, et, avec un regard de haine qui me parut de *bon augure*[1], le malandrin[2] décrépit se jeta sur moi, me pocha les deux yeux, me cassa quatre dents, et avec la même branche d'arbre me battit dru comme plâtre[3]. – Par mon énergique médication, je lui avais donc rendu l'orgueil et la vie.

Alors, je lui fis force signes pour lui faire comprendre que je considérais la discussion comme finie, et me relevant avec la satisfaction d'un sophiste[4] du Portique[5], je lui dis : « Monsieur, *vous êtes mon égal !* veuillez me faire l'honneur de partager avec moi ma bourse ; et souvenez-vous, si vous êtes réellement philanthrope[6], qu'il faut appliquer à tous vos confrères, quand ils vous demanderont l'aumône, la théorie que j'ai eu la *douleur* d'essayer sur votre dos. »

Il m'a bien juré qu'il avait compris ma théorie, et qu'il obéirait à mes conseils.

---

1. De bon augure : de bon présage.

2. Malandrin : vagabond dangereux.

3. Dru comme plâtre : avec violence (comme le plâtre qu'on pulvérisait en le « battant »).

4. Sophiste : philosophe qui pouvait, par son éloquence, défendre n'importe quel point de vue.

5. Portique : à Athènes, les Stoïciens, qui prônaient le courage face aux adversités, se réunissaient sous un « portique » ; d'où le nom d'école ou de doctrine du Portique.

6. Philanthrope : qui aime le genre humain.

50 LES BONS CHIENS

À M. Joseph Stevens[1]

Je n'ai jamais rougi, même devant les jeunes écrivains de mon siècle, de mon admiration pour Buffon[2]; mais aujourd'hui ce n'est pas l'âme de ce peintre de la nature pompeuse[3] que j'appellerai à mon aide. Non.

Bien plus volontiers je m'adresserais à Sterne[4], et je lui dirais: « Descends du ciel, ou monte vers moi des champs Élyséens, pour m'inspirer en faveur des bons chiens, des pauvres chiens, un chant digne de toi, sentimental farceur, farceur incomparable! Reviens à califourchon sur ce fameux âne[5] qui t'accompagne toujours dans la mémoire de la postérité; et surtout que cet âne n'oublie pas de porter, délicatement suspendu entre ses lèvres, son immortel macaron! »

Arrière la muse académique[6]! Je n'ai que faire de cette vieille bégueule[7]. J'invoque la muse familière, la citadine, la vivante, pour qu'elle m'aide à chanter les bons chiens, les pauvres chiens, les chiens crottés, ceux-là que chacun écarte, comme pestiférés et pouilleux, excepté le pauvre dont ils sont les associés, et le poète qui les regarde d'un œil fraternel.

---

1. Joseph Stevens: peintre animalier et paysagiste belge (1816-1892), ami de Baudelaire.

2. Buffon: Georges-Louis Buffon (1707-1788), naturaliste et écrivain, auteur d'une monumentale *Histoire naturelle*.

3. Nature pompeuse: nature peinte de manière majestueuse.

4. Sterne: Laurence Sterne (1713-1768), caustique romancier anglais, très connu en France, auteur notamment de *Vie et opinions de Tristram Shandy* (1760-1767).

5. Ce fameux âne: Sterne fait souvent voyager son personnage de Tristram Shandy sur un âne, à la fois moyen de transport et symbole de la folie douce.

6. Académique: conventionnelle.

7. Bégueule: prude.

Fi[1] du chien bellâtre[2], de ce fat[3] quadrupède, danois[4], king-charles[5], carlin[6] ou gredin, si enchanté de lui-même qu'il s'élance indiscrètement dans les jambes ou sur les genoux du visiteur, comme s'il était sûr de plaire, turbulent comme un enfant, sot comme une lorette[7], quelquefois hargneux et insolent comme un domestique ! Fi surtout de ces serpents à quatre pattes, frissonnants et désœuvrés, qu'on nomme levrettes[8], et qui ne logent même pas dans leur museau pointu assez de flair pour suivre la piste d'un ami, ni dans leur tête aplatie assez d'intelligence pour jouer au domino[9] !

À la niche, tous ces fatigants parasites[10] !

Qu'ils retournent à leur niche soyeuse et capitonnée ! Je chante le chien crotté, le chien pauvre, le chien sans domicile, le chien flâneur, le chien saltimbanque, le chien dont l'instinct, comme celui du pauvre, du bohémien et de l'histrion[11], est merveilleusement aiguillonné[12] par la nécessité, cette si bonne mère, cette vraie patronne des intelligences !

1. Fi : vieille interjection de mépris et de dégoût, synonyme de « pouah ».
2. Bellâtre : beau et stupide.
3. Fat : prétentieux.
4. Danois : chien de garde de grand taille, à poil court.
5. King-charles : épagneul, petit chien à poil long.
6. Carlin : petit chien de compagnie, à poil ras.
7. Lorette : jeune femme élégante et légère de mœurs qui tire son nom du quartier de Notre-Dame de Lorette à Paris, où habitaient de nombreuses courtisanes.
8. Levrettes : femelles du lévrier, chien au corps très allongé ; d'où l'image du « serpent à quatre pattes ».
9. Domino : jeu de société.
10. Parasites : pique-assiettes.
11. Histrion : bouffon.
12. Aiguillonné : stimulé.

Je chante les chiens calamiteux[1], soit ceux qui errent, solitaires, dans les ravines[2] sinueuses des immenses villes, soit ceux qui ont dit à l'homme abandonné, avec des yeux clignotants et spirituels : « Prends-moi avec toi, et de nos deux misères nous ferons peut-être une espèce de bonheur ! »

« *Où vont les chiens ?* » disait autrefois Nestor Roqueplan[3] dans un immortel feuilleton qu'il a sans doute oublié, et dont moi seul, et Sainte-Beuve[4] peut-être, nous nous souvenons encore aujourd'hui.

Où vont les chiens, dites-vous, hommes peu attentifs ? Ils vont à leurs affaires.

Rendez-vous d'affaires, rendez-vous d'amour. À travers la brume, à travers la neige, à travers la crotte, sous la canicule mordante, sous la pluie ruisselante, ils vont, ils viennent, ils trottent, ils passent sous les voitures, excités par les puces, la passion, le besoin ou le devoir. Comme nous, ils se sont levés de bon matin, et ils cherchent leur vie ou courent à leurs plaisirs.

Il y en a qui couchent dans une ruine de la banlieue et qui viennent, chaque jour, à heure fixe, réclamer la sportule[5] à la porte d'une cuisine du Palais-Royal[6] ; d'autres qui accourent, par troupes, de plus de cinq lieues[7], pour partager le repas que

---

1. Calamiteux : malheureux.

2. Ravines : ruisseaux.

3. Nestor Roqueplan (1804-1870) : directeur du *Figaro* et chroniqueur et feuilletoniste dans *La Presse*.

4. Sainte-Beuve (1804-1869) : écrivain et critique littéraire, ami de Baudelaire.

5. Sportule : don en nature ou en argent des riches Romains à leurs protégés ; il s'agit ici pour les chiens de récupérer de quoi manger.

6. Palais-Royal : célèbre et magnifique ensemble de bâtiments et de jardins à Paris réaménagés sous Louis XVIII et fort à la mode.

7. Lieues : ancienne mesure, une lieue représentait environ quatre kilomètres.

leur a préparé la charité de certaines pucelles sexagénaires, dont le cœur inoccupé s'est donné aux bêtes, parce que les hommes imbéciles n'en veulent plus ;

D'autres qui, comme des nègres marrons, affolés d'amour, quittent, à de certains jours, leur département pour venir à la ville, gambader pendant une heure autour d'une belle chienne, un peu négligée dans sa toilette, mais fière et reconnaissante.

Et ils sont tous très exacts, sans carnets, sans notes et sans portefeuilles.

Connaissez-vous la paresseuse Belgique, et avez-vous admiré comme moi tous ces chiens vigoureux attelés à la charrette du boucher, de la laitière ou du boulanger, et qui témoignent, par leurs aboiements triomphants, du plaisir orgueilleux qu'ils éprouvent à rivaliser avec les chevaux ?

En voici deux qui appartiennent à un ordre encore plus civilisé ! Permettez-moi de vous introduire dans la chambre du saltimbanque absent. Un lit, en bois peint, sans rideaux, des couvertures traînantes et souillées de punaises[1], deux chaises de paille, un poêle de fonte, un ou deux instruments de musique détraqués. Oh ! le triste mobilier ! Mais regardez, je vous prie, ces deux personnages intelligents, habillés de vêtements à la fois éraillés[2] et somptueux, coiffés comme des troubadours ou des militaires, qui surveillent, avec une attention de sorciers, *l'œuvre sans nom* qui mitonne[3] sur le poêle allumé, et au centre de laquelle une longue cuiller se dresse,

1. Punaises : petits insectes provoquant des irritations de la peau.

2. Éraillés : commençant à s'user.

3. Qui mitonne : qui mijote délicieusement (en parlant d'une préparation culinaire).

plantée comme un de ces mâts aériens qui annoncent que la maçonnerie est achevée.

N'est-il pas juste que de si zélés comédiens ne se mettent pas en route sans avoir lesté leur estomac d'une soupe puissante et solide ? Et ne pardonnerez-vous pas un peu de sensualité à ces pauvres diables qui ont à affronter tout le jour l'indifférence du public et les injustices d'un directeur qui se fait la grosse part et mange à lui seul plus de soupe que quatre comédiens ?

Que de fois j'ai contemplé, souriant et attendri, tous ces philosophes à quatre pattes, esclaves complaisants, soumis ou dévoués, que le dictionnaire républicain pourrait aussi bien qualifier d'*officieux*[1], si la république, trop occupée du *bonheur* des hommes, avait le temps de ménager[2] l'*honneur* des chiens !

Et que de fois j'ai pensé qu'il y avait peut-être quelque part (qui sait, après tout ?), pour récompenser tant de courage, tant de patience et de labeur, un paradis spécial pour les bons chiens, les pauvres chiens, les chiens crottés et désolés. Swedenborg[3] affirme bien qu'il y en a un pour les Turcs et un pour les Hollandais !

Les bergers de Virgile[4] et de Théocrite[5] attendaient, pour prix de leurs chants alternés[6], un bon fromage, une flûte

1. **Officieux** : serviables et obligeants.
2. **Ménager** : traiter avec égard.
3. **Swedenborg** : théosophe (philosophe mystique) suédois (1688-1772) pour qui toute chose matérielle possède un sens spirituel.
4. **Virgile** : poète latin (70-19 av. J.-C.), auteur de l'épopée de l'*Enéide* et des *Bucoliques* (qui font l'éloge de la nature).
5. **Théocrite** : poète grec (vers 315- vers 250 av. J.-C.), auteur d'*Idylles* et inventeur du genre bucolique.
6. **Chants alternés** : dans leurs poèmes, Théocrite et Virgile font chanter alternativement des bergers.

du meilleur faiseur[1], ou une chèvre aux mamelles gonflées. Le poète qui a chanté les pauvres chiens a reçu pour récompense un beau gilet[2], d'une couleur, à la fois riche et fanée, qui fait penser aux soleils d'automne, à la beauté des femmes mûres et aux étés de la Saint-Martin[3].

Aucun de ceux qui étaient présents dans la taverne de la rue Villa-Hermosa[4] n'oubliera avec quelle pétulance[5] le peintre s'est dépouillé de son gilet en faveur du poète, tant il a bien compris qu'il était bon et honnête de chanter les pauvres chiens.

Tel un magnifique tyran italien, du bon temps, offrait au divin Arétin[6] soit une dague enrichie de pierreries, soit un manteau de cour, en échange d'un précieux sonnet ou d'un curieux poème satirique.

Et toutes les fois que le poète endosse le gilet du peintre, il est contraint de penser aux bons chiens, aux chiens philosophes, aux étés de la Saint-Martin et à la beauté des femmes très mûres.

1. **Faiseur** : artisan, fabricant.

2. Ce gilet avait été offert par Stevens à Baudelaire à la condition d'écrire « quelque chose sur les chiens des pauvres ».

3. **Étés de la Saint-Martin** : les derniers beaux jours de l'arrière-saison aux alentours de la mi-novembre.

4. **Villa-Hermosa** : nom d'une taverne de Bruxelles que Baudelaire fréquenta lors de son voyage en Belgique en 1864.

5. **Pétulance** : vivacité, fougue.

6. **Arétin** : Pietro Aretino, dit l'Arétin, écrivain italien (1492-1556), auteur de textes satiriques et licencieux.

Épilogue[1]

Le cœur content, je suis monté sur la montagne
D'où l'on peut contempler la ville en son ampleur,
Hôpital, lupanars[2], purgatoire, enfer, bagne,

Où toute énormité fleurit comme une fleur.
Tu sais bien, ô Satan, patron de ma détresse,
Que je n'allais pas là pour répandre un vain pleur ;

Mais comme un vieux paillard[3] d'une vieille maîtresse,
Je voulais m'enivrer de l'énorme catin[4]
Dont le charme infernal me rajeunit sans cesse.

Que tu dormes encor dans les draps du matin,
Lourde, obscure, enrhumée, ou que tu te pavanes[5]
Dans les voiles du soir passementés[6] d'or fin,

Je t'aime, ô capitale infâme ! Courtisanes
Et bandits, tels souvent vous offrez des plaisirs
Que ne comprennent pas les vulgaires profanes[7].

---

1. Épilogue : fin, conclusion.
2. Lupanars : maisons closes, de prostitution.
3. Paillard : débauché.
4. Catin : prostituée.
5. Tu te pavanes : tu parades.
6. Passementés : tissés de fils (d'or).
7. Profanes : ignorants.

ANTHOLOGIE
SUR LE POÈME EN PROSE

La naissance, au XIXe siècle, du poème en prose ne doit rien au hasard. L'émergence au siècle précédent d'une « prose poétique » l'a préparée. Dans ses *Dialogues sur l'éloquence* (1718), Fénelon (1651-1715) dissociait déjà la poésie de la versification : « [...] bien des gens font des vers sans poésie et beaucoup d'autres sont pleins de poésie sans faire de vers : laissons donc la versification ». Quelques années auparavant, son roman philosophique, *Télémaque* (1699), en était l'exemple même (notamment la description de la grotte de Calypso, dans le livre I).

Jean-Jacques Rousseau (1712-1778) recourt à cette même prose poétique comme dans cet extrait des *Rêveries du promeneur solitaire* (éd. posthume 1782) où il ressent et décrit le bonheur de vivre à l'état pur : « Quand le soir approchait, je descendais des cimes de l'île, et j'allais volontiers m'asseoir au bord du lac, sur la grève, dans quelque asile caché ; là, le bruit des vagues et l'agitation de l'eau, fixant mes sens et chassant de mon âme toute autre agitation, la plongeaient dans une rêverie délicieuse, où la nuit me surprenait souvent sans que je m'en fusse aperçu. Le flux et le reflux de cette eau, son bruit continu, mais renflé par intervalles, frappant sans relâche mon oreille et mes yeux, suppléaient aux mouvements internes que la rêverie éteignait en moi, et suffisaient pour me faire sentir avec plaisir mon existence, sans prendre la peine de penser » (in « Cinquième rêverie »).

Cette prose poétique, de plus en plus pratiquée au début du XIXe siècle, ne saurait pourtant se confondre avec le poème en prose. Le plus souvent en effet elle s'insère dans un épisode narratif, dans une pause descriptive ou dans un état contemplatif. Elle n'existe pas donc pour elle-même, elle ne forme pas un ensemble clos. Mais elle apporte la preuve que la poésie peut exister hors du vers, dans la prose.

Aloysius Bertrand, le créateur du poème en prose

Aloysius Bertrand (1807-1841) est considéré comme le créateur du poème en prose. Dijonnais de naissance, solitaire et marginal, il est l'auteur de *Gaspard de la nuit* (éd. posthume 1842). Son ambition était double : d'une part, « créer un nouveau genre de prose », expérimenter divers procédés « nouveaux peut-être, d'harmonie et de résultat » ; d'autre part, trouver des équivalences entre la poésie et la peinture, comme l'indique le sous-titre de son recueil : *Fantaisies à la manière de Rembrandt*[1] *et de Callot*[2].

L'œuvre comporte six « livres », comptant chacun de six à onze poèmes. Le livre II est consacré au « Vieux Paris », contrairement à Baudelaire qui s'intéresse à la vie moderne.

1. **Rembrandt** : célèbre peintre hollandais (1606-1669), maître de la technique du clair-obcur.
2. **Jacques Callot** : peintre et graveur français (1592-1635).

Texte 1

POÈME-CONVERSATION

ALOYSIUS BERTRAND, *Gaspard de la nuit* (1842) ♦ « Les Gueux de la nuit »

Ce « poème-conversation » évoque certains aspects de la vie nocturne de Paris sur un ton tour à tour réaliste et mystérieux : les miséreux luttant contre le froid, la police plus ridicule qu'efficace, un magistrat en quête d'aventures galantes. L'architecture de ce poème retient d'emblée l'attention. Ce sont de courts paragraphes, de longueur et de structure à peu près identiques, comme autant de couplets. Les « blancs » qui les séparent remplissent une triple fonction : ils isolent l'univers poétique du monde extérieur ; ils transforment le poème en objet autonome, ne tirant que d'eux-mêmes leur signification ; ils favorisent l'essor de l'imagination du lecteur. Populaires, anciens ou légendaires, les thèmes sont souvent ceux des ballades. Le mélange de dialogues et de brefs éléments narratifs, le jeu des exclamations et la cadence des phrases organisent le rythme. Le vocabulaire vieilli et les images possèdent un fort pouvoir d'évocation et de suggestion. L'apparition fréquente, en fin de poème, d'un élément nouveau crée un effet de surprise.

Les Gueux[1] de la nuit

J'endure.
froidure
bien dure.
« La Chanson du Pauvre Diable »[2].

– « Ohé ! rangez-vous, qu'on se chauffe ! » – « Il ne te manque plus que d'enfourcher le foyer[3] ! Ce drôle a les jambes comme des pincettes. »

1. Gueux : miséreux.
2. Chanson anonyme.
3. Foyer : feu.

– « Une heure ! » – « Il bise dru[1] ! » – « Savez-vous, mes chats-huants[2], ce qui fait la lune si claire ? » – « Non ! » – « Les cornes de cocu qu'on y brûle. »

– « La rouge braise à griller de la charbonnée[3] ! » – « Comme la flamme danse bleue sur les tisons ! Ohé ! quel est le ribaud[4] qui a battu sa ribaude ? »

– « J'ai le nez gelé ! » – « J'ai les grêves[5] rôties ! » – « Ne vois-tu rien dans le feu, Choupille ? » – « Oui ! une hallebarde[6]. » – « Et toi, Jeanpoil ? » – « Un œil. »

– « Place, place à monsieur de la Chousserie ! » – « Vous êtes là, monsieur le procureur[7], chaudement fourré et ganté pour l'hiver ! » – « Oui-dà ! les matous n'ont pas d'engelures[8] ! »

– « Ah ! voici messieurs du guet[9] ! » – « Vos bottes fument. » – « Et les tirelaines[10] ? » – « Nous en avons tué deux d'une arquebusade[11] ; les autres se sont échappés à travers la rivière. »

*

1. Il bise dru : il souffle fort (« dru ») un vent sec et froid (la « bise » étant un vent du nord). Employé en ce sens, le verbe « biser » n'existe plus de nos jours.

2. Chats-huants : rapaces nocturnes (comme la chouette hulotte) possédant deux touffes de plumes semblables à des oreilles de chat.

3. Charbonnée : grillade de porc.

4. Ribaud : débauché.

5. Grêves : jambes.

6. Hallebarde : arme à longue hampe et munie d'un fer tranchant.

7. Procureur : officier judiciaire, magistrat.

8. Engelures : gelures, lésions de la peau provoquées par le froid.

9. Messieurs du guet : patrouille de la garde.

10. Tirelaines : voleurs, pickpockets.

11. Arquebusade : coup d'arquebuse (ancienne arme à feu).

Et c'est ainsi que s'acoquinaient[1] à un feu de brandons[2], avec des gueux de nuit, un procureur au parlement qui courait le guilledou[3], et les gascons[4] du guet qui racontaient sans rire les exploits de leurs arquebuses détraquées.

Texte 2

POÈME

ALOYSIUS BERTRAND, *Gaspard de la nuit* (1842) ♦ « La Tour de Nesle »

Voici un autre visage de Paris. Au point de départ est la vie de soldats de garde la nuit ; un incident survient : un bateau prend feu sur la Seine ; les gardes accourent sous le regard du roi et de la reine. La scène prend vite un aspect fantastique et inquiétant.

La Tour de Nesle[5]

Il y avait à la tour de Nesle un corps-de-garde[6]
auquel se logeait le guet pendant la nuit.
Brantôme[7].

– « Valet de trèfle ! » – « Dame de pique ! de gagne ! » – Et le soudard[8] qui perdait envoya d'un coup de poing sur la table son enjeu au plancher.

1. **S'acoquinaient** : se liaient avec des gens peu recommandables.
2. **Brandons** : tisons et torches de pailles.
3. **Courait le guilledou** : allait en quête d'aventures galantes.
4. **Gascons** : dans le sens ici de « fanfarons ».
5. **La Tour de Nesle** : située sur la rive gauche de la Seine, face à la tour du Louvre, cette tour, aujourd'hui détruite, défendait la capitale.
6. **Corps-de-garde** : terme de fortification désignant l'endroit où se tenait la garde.
7. **Brantôme** : officier et écrivain (1538-1614), auteur de *Mémoires*.
8. **Soudard** : guerrier brutal et grossier.

Mais alors messire Hugues, le prévôt[1], cracha dans le brasier[2] de fer avec la grimace d'un cagou[3] qui a avalé une araignée en mangeant sa soupe.

– « Pouah ! les chaircuitiers[4], échaudent-ils leurs cochons[5] à minuit ? Ventre-dieu[6] ! c'est un bateau de feurre[7] qui brûle en Seine ! »

*

L'incendie, qui n'était d'abord qu'un innocent follet[8] égaré dans les brouillards de la rivière, fut bientôt un diable à quatre[9] tirant le canon et force arquebusades[10] au fil de l'eau.

Une foule innombrable de turlupins[11], de béquillards[12], de gueux[13] de nuit, accourus sur la grève[14], dansaient des gigues[15] devant la spirale de flamme et de fumée.

Et rougeoyaient face à face la Tour de Nesle, d'où le guet sortit, l'escopette[16] sur l'épaule, et la tour du Louvre d'où, par une fenêtre, le roi et la reine voyaient tout sans être vus.

---

1. Prévôt : officier supérieur, exerçant des fonctions judiciaires et de police.
2. Brasier : brasero.
3. Cagou : dans le sens moyenâgeux de « chef des voleurs ».
4. Chaircuitiers : charcutiers.
5. Échaudent-ils leurs cochons : plongent-ils dans l'eau bouillante leurs cochons.
6. Ventre-dieu : juron.
7. Bateau de feurre : bateau transportant de la paille (de la « feurre »).
8. Follet : petit feu.
9. Diable à quatre : grand bruit et tumulte.
10. Arquebusades : coups d'arquebuse (ancienne arme à feu).
11. Turlupins : farceurs.
12. Béquillards : éclopés ou infirmes marchant avec des béquilles.
13. Gueux : miséreux.
14. Sur la grève : sur le terrain plat de la rive (de la Seine).
15. Dansaient des gigues : dansaient en se trémoussant.
16. Escopette : arme à feu portative à bouche évasée.

Stéphane Mallarmé, musicien d'une prose du quotidien

Pratiquant une poésie de plus en plus hermétique, Stéphane Mallarmé (1842-1898) est pourtant plus proche de Baudelaire que de Rimbaud dans son recueil *Proses* (1864).

Texte 3

POÈME

STÉPHANE MALLARMÉ, *Proses* (1864) ♦ « La Pipe »

Les thèmes développés dans le poème qui suit sont très baudelairiens. Ce sont l'opposition de l'ici et de l'ailleurs, un parfum (ici l'odeur du tabac) qui réveille des souvenirs et sollicite la mémoire, toute une nostalgie musicalement évoquée sur le mode mineur.

La Pipe

Hier, j'ai trouvé ma pipe en rêvant une longue soirée de travail, de beau travail d'hiver. Jetées les cigarettes avec toutes les joies enfantines de l'été dans le passé qu'illuminent les feuilles bleues de soleil, les mousselines et reprise ma grave pipe par un homme sérieux qui veut fumer longtemps sans se déranger, afin de mieux travailler ; mais je ne m'attendais pas à la surprise que préparait cette délaissée, à peine eus-je tiré la première bouffée, j'oubliai mes grands livres à faire, émerveillé, attendri, je respirai l'hiver dernier qui revenait. Je n'avais pas touché à la fidèle amie depuis ma rentrée en France, et tout Londres[1], Londres tel que je le vécus en entier à moi seul, il y a un an, est apparu ; d'abord les chers brouillards qui emmitouflent nos cervelles et ont, là-bas, une odeur à eux, quand ils pénètrent sous la croisée. Mon tabac sentait une chambre sombre aux meubles de cuir saupou-

1. Mallarmé séjourna à Londres en 1863, où il se maria ; il devint par la suite professeur d'anglais.

drés par la poussière du charbon sur lesquels se roulait le maigre chat noir ; les grands feux ! et la bonne aux bras rouges versant les charbons, et le bruit de ces charbons tombant du seau de tôle dans la corbeille de fer, le matin – alors que le facteur frappait le double coup solennel, qui me faisait vivre ! J'ai revu par les fenêtres ces arbres malades du square désert – j'ai vu le large, si souvent traversé cet hiver-là, grelottant sur le pont du steamer[1] mouillé de bruine et noirci de fumée – avec ma pauvre bien-aimée errante, en habits de voyageuse, une longue robe terne couleur de la poussière des routes, un manteau qui collait humide à ses épaules froides, un de ces chapeaux de paille sans plume et presque sans rubans, que les riches dames jettent en arrivant, tant ils sont déchiquetés par l'air de la mer et que les pauvres bien-aimées regarnissent pour bien des saisons encore. Autour de son cou s'enroulait le terrible mouchoir qu'on agite en se disant adieu pour toujours.

■ Arthur Rimbaud, le réel halluciné

Avec les *Illuminations* (1886) d'Arthur Rimbaud (1854-1891), le poème en prose connaît une évolution capitale. Il ne s'agit plus d'évoquer un passé, fût-il mythique, comme chez Aloysius Bertrand ou de peindre la vie moderne comme chez Baudelaire. Il s'agit, comme le suggère l'un des sens du titre, de visions hallucinées. Le langage se libère des contraintes de la logique et des exigences de la pensée voire de la syntaxe. Le poème en prose naît alors d'une langue réinventée, ou retrouvée, pour engendrer des images multiples : c'est la nature même de la poésie.

1. Steamer : bateau à vapeur.

Texte 4

POÈME

ARTHUR RIMBAUD, *Illuminations* (1886) ♦ « Les Ponts »

Le réel est déformé, « mal vu exprès » (Rimbaud). Il n'existe plus que dans le poème qui le décrit, et il n'existe que par et dans le langage qui compose le poème. Cette hallucination est frappante dans « Les Ponts » : tout y déformé, les lignes comme les objets ; sans lien logique, on passe du visuel au musical, du concret à l'abstrait.

Les Ponts

Des ciels[1] gris de cristal. Un bizarre dessin de ponts, ceux-ci droits, ceux-là bombés, d'autres descendant ou obliquant en angles sur les premiers, et ces figures se renouvelant dans les autres circuits éclairés du canal, mais tous tellement longs et légers que les rives chargées de dômes s'abaissent et s'amoindrissent. Quelques-uns de ces ponts sont encore chargés de masures[2]. D'autres soutiennent des mâts, des signaux, de frêles parapets. Des accords mineurs se croisent, et filent, des cordes montent des berges. On distingue une veste rouge, peut-être d'autres costumes, et des instruments de musique. Sont-ce des airs populaires, des bouts de concerts seigneuriaux, des restants d'hymnes publics ? L'eau est grise et bleue, large comme un bras de mer. – Un rayon blanc, tombant du haut du ciel, anéantit cette comédie.

Texte 5

POÈME

ARTHUR RIMBAUD, *Illuminations* (1886) ♦ « Aube »

Ce poème évoque le moment privilégié des commencements : l'« aube », c'est la naissance du jour, mais aussi du monde pour l'enfant-narrateur. On peut également y voir une rencontre

1. **Ciels** : le mot s'écrit ainsi au pluriel lorsqu'il désigne les nuages et les cieux en peinture.

2. **Masures** : maisons vétustes et délabrées.

amoureuse, ou encore une métaphore de la création poétique. Dans tous les cas, ce qui domine, c'est un pouvoir de transfiguration du monde.

Aube

J'ai embrassé l'aube d'été.

Rien ne bougeait encore au front des palais. L'eau était morte. Les camps d'ombres ne quittaient pas la route du bois. J'ai marché, réveillant les haleines vives et tièdes, et les pierreries regardèrent, et les ailes se levèrent sans bruit.

La première entreprise fut, dans le sentier déjà empli de frais et blêmes éclats, une fleur qui me dit son nom.

Je ris au wasserfall[1] blond qui s'échevela à travers les sapins : à la cime argentée je reconnus la déesse.

Alors je levai un à un les voiles. Dans l'allée, en agitant les bras. Par la plaine, où je l'ai dénoncée au coq. À la grand'ville elle fuyait parmi les clochers et les dômes, et courant comme un mendiant sur les quais de marbre, je la chassais.

En haut de la route, près d'un bois de lauriers, je l'ai entourée avec ses voiles amassés, et j'ai senti un peu son immense corps. L'aube et l'enfant tombèrent en bas du bois.

Au réveil il était midi.

■ Max Jacob, de l'objet à l'émotion

Dans la préface de son *Cornet à dés* (1917), Max Jacob (1876-1944) développe une théorie du poème en prose, dont il tente de dégager les lois ou du moins les caractéristiques essentielles. La brièveté en est la première condition, car, dit Max Jacob, il est difficile d'être constant sur la longueur. La

1. **Wasserfall** : cascade, chute d'eau en allemand.

deuxième condition est que le poème en prose doit être « situé ». Par ce mot, Max Jacob entend que l'œuvre ne doit pas copier ou reproduire la réalité mais transporter dans un univers différent. C'était déjà le cas chez Rimbaud. La troisième et dernière condition est celle du « style » qui ne réside pas toutefois dans la recherche d'effets musicaux, mais dans l'émotion qu'il fait naître. Avec Max Jacob, le poème en prose est plus que jamais un monde en soi, existant par et pour lui-même. Il tend à devenir un poème-objet.

Texte 6

POÈME

MAX JACOB, ***Le Cornet à dés*** (1917) ♦ « Roman feuilleton », coll. « Poésie/ Gallimard », © Éditions Gallimard

Max Jacob joue volontiers avec les mots, comme dans ce « Roman feuilleton ». Le titre est ironique : le texte est trop court pour être un « roman » et encore moins un « feuilleton ». Tout y repose sur les sonorités, sur les jeux de mots et d'échos (« auto »/ « Toto »/ « Totel », etc.). Les mots évoluent en pleine liberté, sans souci de la moindre cohérence. Au lecteur de savoir savourer cette fête du langage. La poésie devient prouesse verbale, plaisir et amusement.

Roman feuilleton

Donc, une auto s'arrêta devant l'hôtel à Chartres. Savoir qui était dans cette auto, devant cet hôtel, si c'était Toto, si c'était Totel, voilà ce que vous voudriez savoir, mais vous ne le saurez jamais… jamais… La fréquentation des Parisiens a fait beaucoup de bien aux hôteliers de Chartres, mais la fréquentation des hôteliers de Chartres a fait beaucoup de mal aux Parisiens pour certaines raisons. Un garçon d'hôtel prit les bottes du propriétaire de l'auto et les cira : ces bottes furent mal cirées, car l'abondance des autos dans les hôtels empêchait les domestiques de prendre les dispositions nécessaires à un bon cirage de bottes ; fort heureusement, la même abondance empêcha notre héros d'apercevoir que ses bottes étaient mal cirées. Que venait faire notre héros dans cette vieille cité de Chartres, qui est si connue ? il venait chercher un médecin, parce qu'il n'y en a pas assez à Paris pour le nombre de maladies qu'il avait.

■ Pierre Reverdy et le poème-objet

Pierre Reverdy (1889-1960) fut l'ami d'Apollinaire et de Max Jacob ainsi que des peintres Pablo Picasso[1], Georges Braque[2] et Juan Gris[3]. S'il composa des recueils en vers (*Écumes de la mer*, 1925 ; *Sources du vent*, 1929), il écrivit aussi de nombreux poèmes en prose. L'un de ses premiers recueils est justement intitulé *Poèmes en prose* (1915). Il sera suivi de plusieurs autres, dont *Flaques de verre* (1929) ou *Au soleil du plafond* (1955).

Avec lui, le poème en prose devient définitivement un poème-objet. Sa fonction n'est plus de reproduire ou d'évoquer une réalité, mais d'en créer une nouvelle, plus vraie que le réel, grâce à l'image poétique, définie comme « une création pure de l'esprit ». La structure, fine et élaborée, de ses poèmes, les réseaux de signification qui se tissent entre les mots ont souvent fait parler à leur sujet de « cubisme littéraire ». Seuls comptent alors l'organisation de la page (du poème), des lignes et, surtout, ce qu'il y a entre les lignes, sans souci de continuité logique.

1. Pablo Picasso (1881-1973) : peintre espagnol mondialement connu pour ses créations qui recréent l'univers.
2. Georges Braque (1882-1963) : peintre, dessinateur et graveur français.
3. Juan Gris (1887-1927) : peintre, dessinateur et graveur espagnol.

Texte 7

POÈME

PIERRE REVERDY, *Flaques de verre* (1929) ♦ « Regard humain », © Éditions Flammarion, 1984

Dans ce poème, le « regard » voit, mais aussi « écoute ». Il saisit ce qui est fugitif, à la limite de l'évanescent, comme s'il s'agissait d'appréhender un monde en train de disparaître ou déjà disparu, un monde ancien, dans lequel l'homme apparaît comme une étrangeté ; de là vient l'inquiétude qui se dégage du poème. Il est bien évident que cette « scène » ne peut naître que du langage et dans son lieu privilégié qu'est l'image.

Regard humain

Dans l'air luisant, l'heure ne sonne que pour l'homme. L'animal méfiant n'écoute pas passer les boules rondes qui dispersent le temps.

Un écho très ancien se cache au fond du précipice – le cri désespéré et, sur l'écran du ciel, la fuite des éclipses et la silhouette noire de l'homme perdu au coin de la forêt.

Quand la lumière s'abat sur les terrasses et les guirlandes rigides du jardin – quand les têtes coupées par les lames glissantes s'élèvent à deux mains – il y a encore le bruit des pieds agiles autour des sources et, sous les bois couchés, l'élan des bandes d'or, puis le torse des souches aux pentes du chemin.

Tout est tendu à l'encontre du vent, qui moissonne le monde du centre à l'occident[1], des rayons qui ramassent les cendres et du vol des pigeons. Dans ce mélange de mouvement précis, de bêtes noires où l'esprit se défend – toujours caché derrière les paroles, les cris de désespoir. Où autrement ces yeux qui vous regardent dans les buissons du soir.

1. Occident : couchant (du soleil).

■ Francis Ponge ou la parole donnée aux choses

Francis Ponge (1899-1988) est un poète modeste et exigeant, d'autant plus modeste qu'il est exigeant. Renonçant à assigner à la poésie une mission spirituelle ou libératrice, il se veut un artisan méticuleux de la langue. Prenant « le parti des choses », il souhaite saisir « le contenu entier de leurs notions ». Son recueil *Proêmes* (1942) indique dès son titre (qui est un néologisme) l'inutilité de toute distinction entre la poésie et la prose, de toute analyse générique. Tout est dans la précision de l'analyse, dans l'acte de nommer, dans la capacité à faire vivre les « choses » comme si elles devenaient à leur tour capables de parler.

Texte 8

POÈME

FRANCIS PONGE, *Le Parti pris des choses* (1942) ♦ « L'huître », coll. « Poésie/Gallimard » © Éditions Gallimard

Le poème débute par une observation générale, se poursuit par l'ouverture du mollusque puis la description de son monde intérieur et s'achève sur sa disparition (l'homme gobant l'huître). Tour à tour monde minéral puis paysage et bijou, aliment enfin, l'huître devient un objet poétique. Après avoir lu le poème, le lecteur ne peut plus regarder l'huître de la même façon !

L'huître

L'huître, de la grosseur d'un galet moyen, est d'une apparence rugueuse, d'une couleur moins unie, brillamment blanchâtre. C'est un monde opiniâtrement clos. Pourtant on peut l'ouvrir : il faut alors la tenir au creux d'un torchon, se servir d'un couteau ébréché et peu franc, s'y reprendre à plusieurs fois. Les doigts curieux s'y coupent, s'y cassent les ongles : c'est un travail grossier. Les coups qu'on lui porte marquent son enveloppe de ronds blancs, d'une sorte de halos.

À l'intérieur l'on trouve tout un monde, à boire et à manger : sous un *firmament* [1] (à proprement parler) de nacre, les cieux d'en-dessus s'affaissent sur les cieux d'en-dessous, pour ne plus former qu'une mare, un sachet visqueux et verdâtre, qui flue et reflue à l'odeur et à la vue, frangé d'une dentelle noirâtre sur les bords.

Parfois très rare une formule [2] perle à leur gosier de nacre, d'où l'on trouve aussitôt à s'orner.

■ Pierre Jean-Jouve ou le salut par l'art

Auteur d'une importante œuvre romanesque (*Paulina 1880*, 1925 ou *La Scène capitale,* 1935) et poétique (*Noces,* 1931 ; *Hélène,* 1936 ; *Moires,* 1962), Pierre Jean Jouve (1887-1976) publie en 1960 *Proses.* D'abord influencé par Baudelaire et Rimbaud puis par Freud [3] et la psychanalyse, il s'interroge sur le sacré et le religieux, plus particulièrement sur les rapports entre « la voix, la mort et le sexe ». La poésie est pour lui moins affaire de technique que d'éthique, seul l'art pouvant à ses yeux sauver l'Homme de sa violence primitive et intérieure.

1. **Firmament :** Ponge joue sur les deux sens du mot, désignant la voûte céleste et, étymologiquement, le soutien, l'appui.

2. **Formule :** nouveau jeu de mots, « formule » étant à la fois une petite forme et une opération (une formule) chimique (à l'origine de la fabrication des perles de nacre).

3. **Sigmund Freud** (1856-1939) : créateur de la psychanalyse.

Texte 9

POÈME

PIERRE JEAN-JOUVE, *Proses* (1960) ♦ « Nuages », © Mercure de France

« Nuages » est une réécriture du thème baudelairien de l'« Étranger » auquel il est fait directement allusion. Pierre Jean Jouve démythifie les « nuages », symbole non pas d'un ailleurs ou d'un infini, mais d'illusions décevantes.

Nuages

Nous nous étions bien trompés sur les nuages, alors que nous les croyions les signes de l'infini. « J'aime les nuages… les nuages qui passent… les merveilleux nuages… » À présent que nous montons sur les nuages, nous voyons ces bêtes, volumineuses et mornes, du faux pays de la haute tristesse : nous voyons ces cheminements d'armées noires blêmes, ou blanches comme la mort, se poursuivre pour entasser l'impitoyable couvercle sous lequel rampe la destinée. Le ciel est-il d'un vert électrique et trop pur, nous gémissons d'y être des intrus, à cause de ces nuages blessants, pareils à une terre boursouflée. Montagnes de caricature, vous nous exilez de nous-mêmes, vous nous montrez le long néant certain, et la traînée de couchant rougeâtre qui borde n'a même plus la force de nous plaindre.

Malheur à la vie humaine prisonnière des nuages.

■ Henri Michaux ou l'exploration de l'intime

Peintre et grand voyageur, Henri Michaux (1899-1984) est l'auteur de nombreux recueils : *La nuit remue* (1934), *Mes Propriétés* (1930), *Connaissances par les gouffres* (1961)… Adepte de l'écriture du fragment, il est en perpétuelle quête à la fois de soi et d'un ailleurs (fût-ce par l'usage de drogues). Ce qui lui importe avant tout c'est d'explorer l'intime, l'obscur, le transgressif. C'est ce qui lui a parfois valu une réputation d'auteur difficile d'accès.

Texte 10

POÈME

HENRI MICHAUX, « La zone… » in *Chemins cherchés Chemins perdus Transgressions* (1981) ♦ © Éditions Gallimard

Le poème qui suit a été inspiré par la contemplation de « peintures d'aliénés (de fous) », qui « avec leur problème secret, diffus, cent fois découvert, caché pourtant, livrent avant tout et d'emblée leur énorme, indicible malaise ». C'est la description d'un tableau, d'un port, dans lequel un bateau est pris dans une immobilité étrange et totale. On pourra utilement comparer ce texte avec les poèmes baudelairiens de la mer.

La zone, où est venu s'arrêter ce trois-mâts encalminé[1], merveilleusement, totalement blanc, si blanc que c'est fou d'être aussi blanc, est immense et déserte.

N'importe le vent ou l'absence de vent ou la menace de vent, le trois-mâts qui ne veut pas changer ne dégrée pas[2]. Grêle, mais qui ne se rend pas, surtout pas à l'évidence, surtout pas à celle des variations du réel, le voici qui, à force de ne pas se rendre, a abouti dans un espace où plus rien ne bouge, où c'est depuis longtemps la mort de toute brise[3]. Et pas de retour en arrière possible.

N'y a-t-il plus rien d'autre, ni personne nulle part ? Si. Au loin quelques plis soulevés de la multiforme étoffe des cinq mondes[4] montrent, serrées, en rang, à l'affût, les faces équivoques des « autres ».

---

1. Encalminé : se dit d'un navire à voile immobilisé par temps calme.
2. Ne dégrée pas : ne démâte pas.
3. Brise : vent peu violent.
4. Mondes : continents.

Menaçantes ? Envieuses ? Plutôt hors de portée, toutes précautions prises.

Dans le calme absolu, où pas une risée[1], jamais, ne passe, le trois-mâts vierge, qui ne cargue[2] pas ses voiles immaculées, demeure préservé des souillures sous un irréprochable ciel de glace.

Le poème en prose est par nature transgressif : il ignore les catégories bien établies, il rend floue toute frontière. Il est ainsi transgénérique, n'étant ni prose ni poésie, mais à la fois prose et poésie. Il n'est pas pour autant transitoire : il n'est pas un genre intermédiaire entre la prose et la poésie permettant de passer de l'une à l'autre. Enfin il n'est pas davantage un genre éphémère, comme le montrent son essor et son succès tout au long du XXe siècle.

D'une pratique et d'apparences très différentes d'un auteur à un autre, le poème en prose semble au fil du temps et de son évolution se définir par quelques caractéristiques fondamentales. La brièveté en est la première. Description et narration en sont réduites, parfois totalement inexistantes. Même si Baudelaire et Rimbaud empruntent encore à la poésie ses ressources musicales et rhétoriques, le poème en prose s'en libère au profit d'un travail sur le langage au point de devenir un objet n'existant que sur et par la page qui le contient. La référence au réel disparaît alors au profit de la primauté du langage, d'une parole singulière, unique. C'est pourquoi il est riche de toutes les virtualités et potentialités de l'esprit, de toutes les capacités d'invention et de création.

1. **Risée** : rafale de vent.
2. **Cargue** : serre (les voiles).

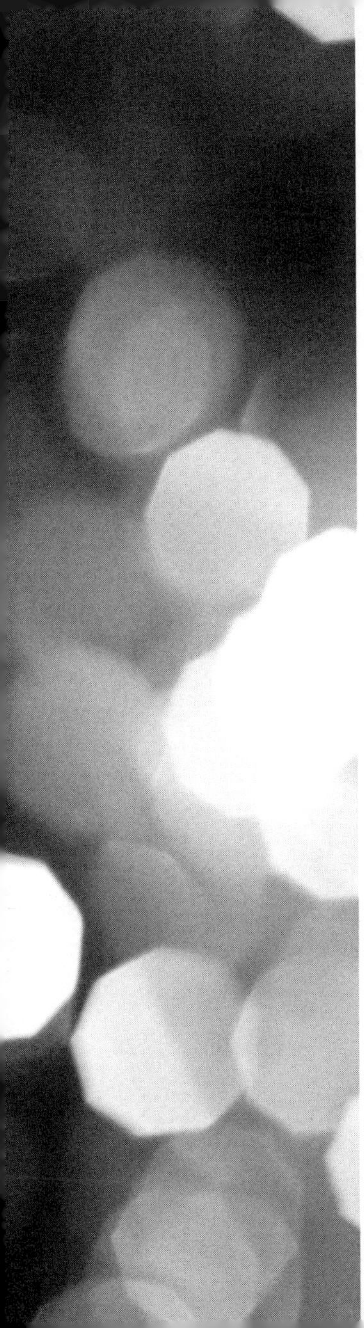

Le contexte historique et littéraire

DEUX RÉVOLUTIONS ET TROIS RÉGIMES POLITIQUES

• La chute du Premier Empire provoque la « Restauration » (le rétablissement) de la monarchie : ce sont successivement les règnes de Louis XVIII (1815-1824) et de Charles X (1824-1830), lequel est renversé par la **Révolution de 1830**. Lui succède Louis-Philippe, à son tour chassé du trône par la **Révolution de 1848**.

• Le **25 février 1848, la Seconde République est proclamée**. Le prince Louis-Napoléon Bonaparte (neveu de Napoléon Ier) en est élu président le 10 décembre suivant. Il y met fin le 2 décembre 1851 par un coup d'État.

• Un an plus tard, le **2 décembre 1852 naît officiellement le Second Empire**. Le prince-président, comme on l'appelait, devient l'empereur Napoléon III. La guerre perdue en 1870 avec la Prusse entraîne sa chute. La **Troisième République est proclamée le 4 septembre 1870**.

PROGRÈS ET MUTATIONS SOCIALES

• Les **progrès techniques sont sans précédent** : développement des chemins de fer à partir de 1840, invention du moteur à essence en 1860, production massive d'acier favorisant l'essor de constructions métalliques (ponts et viaducs)... Témoins de ces progrès, cinq expositions universelles se tiennent à Paris entre 1855 et 1900 dont celle de 1879 qui voit la construction de la tour Eiffel (du nom de son ingénieur). C'est la **naissance d'une civilisation et d'un capitalisme industriels**.

• La **société s'en trouve modifiée**. Les concentrations industrielles généralisent le salariat, vécu comme une nouvelle forme d'esclavage. Un **prolétariat**, toujours plus nombreux, s'agglutine dans les faubourgs, exploité, mal payé, asservi aux machines et sans aucune protection sociale. La « **question sociale** », selon l'expression de l'époque, devient un enjeu politique majeur, soulève un débat passionné sur les modes de production et la répartition des richesses.

PARIS, UNE VILLE EN PLEINE TRANSFORMATION, AU DOUBLE VISAGE

• L'industrialisation provoque un fort exode rural vers les villes. Paris passe de deux à trois millions d'habitants entre 1860 et 1885. Préfet de la Seine, le baron **Haussmann (1809-1898) transforme profondément la capitale**. Faisant raser les vieux quartiers, il fait ouvrir de grandes avenues le long desquelles s'édifient de cossus immeubles. **Un Paris moderne naît, non sans spéculation, contestation et violences.**

• Ce Paris-là coexiste avec un Paris plus miséreux. Si le quartier Saint-Germain est celui des grandes fortunes, celui de Saint-Lazare est celui des ouvriers, tandis que ceux de Saint-Denis et des Gobelins sont souvent ceux de la misère et de la délinquance. **C'est ce Paris tout en contrastes que Baudelaire évoque dans *Le Spleen de Paris*.**

LES ÉVOLUTIONS LITTÉRAIRES : ROMANTISME, PARNASSE ET RÉALISME

• Des *Méditations poétiques* (1820) d'Alphonse de Lamartine, accueillies avec enthousiasme, à l'échec, au théâtre, des *Burgraves* (1843) de Victor Hugo, le **romantisme domine la première moitié du XIXe siècle**. Souffrant, solitaire, passionné, désespéré, le « Moi » s'exalte, avide d'absolu, de liberté, d'héroïsme et de communion avec autrui.

• Contre ces épanchements et leurs facilités, Théophile Gautier, à qui sont dédiées *Les Fleurs du mal*, prône un retour à un art plus formel. Il ouvre ainsi la voie à **l'école de « l'art pour l'art » et au Parnasse**, lequel privilégie, dans les années 1860, la technique et la virtuosité formelle au détriment de l'inspiration.

• Parallèlement Stendhal (1783-1842), Honoré de Balzac (1799-1850) puis Gustave Flaubert (1821-1880) orientent, chacun à leur façon, le roman vers le **réalisme**, vers une **peinture la plus exacte possible** des conditions sociales et des individus.

Repères biographiques

UNE JEUNESSE DIFFICILE

• Charles Baudelaire naît à **Paris le 9 avril 1821**. Son père meurt quand il a six ans. Sa mère se remarie avec un officier de carrière, le futur général Aupick. L'enfant ne s'entendra jamais avec son beau-père ni ne pardonnera à sa mère de s'être remariée. De là, des conflits familiaux et des difficultés scolaires. En 1835, il est ainsi renvoyé du lycée parisien Louis-le-Grand.

• Bachelier, Baudelaire renonce très vite à poursuivre des études supérieures. Il mène alors une **vie de bohême**, fréquentant des écrivains et des prostituées, s'adonnant à l'alcool et à la drogue, tout en collaborant à quelques revues. Pour le détourner de cette existence agitée, sa famille l'oblige à s'embarquer, en juin 1841, sur un paquebot à destination de l'Inde. Baudelaire n'ira pas plus loin que l'île de la Réunion et reviendra en France dès 1842.

• À sa majorité, Baudelaire reçoit sa part de l'héritage paternel. Désormais financièrement indépendant, il reprend sa vie de bohême, vit avec l'actrice Jeanne Duval. Ses dettes lui valent en 1844 d'être placé sous tutelle judiciaire qui, si elle le sauve de la ruine, le contraint à vivre chichement.

UN PROSATEUR AUX MULTIPLES CENTRES D'INTÉRÊT

• Pour subvenir à ses besoins, Baudelaire déploie une **activité intense et variée**. **Critique littéraire**, il évoque aussi bien les écrivains qu'il admire (Théophile Gautier, Victor Hugo) que ceux qu'il déteste (Abel-François Villemain[1], Jacques Delille[2]). **Critique d'art**, il rédige en 1845, 1846 et 1859 des **comptes rendus des «Salons»**, ces expositions officielles de peinture qui avaient lieu tous les ans.

• **Traducteur**, il donne, de 1853 à 1856, différentes traductions de l'œuvre du poète et conteur américain Edgar Poe (1809-1849). **Essayiste**, il publie plusieurs essais: *Les Paradis artificiels* (1860) sur la drogue; *Richard Wagner* (1861), alors l'un

1. **Abel-François Villemain** (1790-1870): professeur de littérature française à la Sorbonne et auteur d'études et de critiques littéraires; académicien français, il fut aussi ministre de l'Instruction publique (de 1840 à 1844).

2. **Jacques Delille** (1738-1813): professeur et poète, auteur notamment du recueil *Les Jardins* (1780), qui connut en son temps une certaine notoriété.

des plus célèbres compositeurs allemands ; *Le Peintre de la vie moderne* (1863) sur la modernité dans l'art. **Nouvelliste** enfin, il fait paraître plusieurs nouvelles, dont *La Fanfarlo* (1847).

• Parallèlement à ses activités, Baudelaire entretient une liaison avec l'actrice Marie Daubrun puis s'éprend de l'élégante madame Sabatier.

UN POÈTE SCANDALEUX

• Recueil de cent poèmes à l'origine, auquel Baudelaire travaille depuis plus de dix ans, ***Les Fleurs du mal*** paraissent le 25 juin 1857. Le scandale est immédiat. Un procès lui est intenté pour **« offense à la morale publique »** : six poèmes du recueil sont censurés, donc interdits de réédition et une amende lui est infligée. Une nouvelle édition, augmentée et comportant 126 poèmes, est publiée en 1861. Quant aux six poèmes censurés, ils paraîtront malgré tout, glissés parmi d'autres, en 1866 dans le recueil *Les Épaves*.

• Pour surmonter ses difficultés financières, Baudelaire accepte d'aller donner des conférences à Bruxelles sur l'art et la littérature. Le succès est médiocre, les honoraires sont inférieurs à ceux escomptés. De son séjour en Belgique, Baudelaire rapporte un pamphlet féroce, intitulé *Pauvre Belgique* (1864).

LA MALADIE ET LA MORT

• De retour à Paris, son état de santé, déjà fragile, se détériore. Celui-ci n'a en effet jamais été très florissant. Atteint de la syphilis, sans doute contractée durant ses années de bohême, il est victime à deux reprises, en 1860 et 1862, de crises cérébrales et, en 1867, d'une paralysie partielle. **Il décède à Paris le 31 août 1867.**

• Presque deux ans plus tard, en 1869, paraissent, grâce aux soins de ses amis, *Le Spleen de Paris*, auquel Baudelaire pensait et travaillait depuis 1857.

La place du *Spleen de Paris* dans l'œuvre de Baudelaire

DE LA GENÈSE À LA PUBLICATION

1 • Un recueil posthume

• ***Le Spleen de Paris* paraît en 1869** dans le quatrième tome des *Œuvres complètes* de Baudelaire, soit de nombreux mois après la mort de celui-ci. C'est donc un **recueil posthume** que l'on doit notamment à Charles Asselineau et à Théodore de Banville, deux amis proches du poète. Les circonstances particulières de son édition expliquent le **double titre** du recueil. Baudelaire n'avait pas en effet arrêté de titre définitif. Longtemps, il hésita entre plusieurs titres, les appelant tour à tour *Poèmes nocturnes*, *La Lueur et la Fumée*, *Le Promeneur solitaire* ou *Le Rôdeur parisien*. Le titre *Le Spleen de Paris*, mentionné dès 1857, renvoie à sa thématique essentielle, tandis que *Petits Poèmes en prose*, évoqué en 1862, renvoie au genre du recueil. Dans l'impossibilité de trancher en faveur de l'un ou de l'autre, les éditeurs ont donc retenu les deux titres.

2 • Une longue gestation

• Publication posthume, *Le Spleen de Paris* n'est pourtant pas l'œuvre d'une fin de vie. Il est au contraire l'**œuvre de presque toute une vie**. Baudelaire a commencé de composer ces « petits poèmes en prose » **dès 1855**, année où paraissent deux d'entre eux, « Le Crépuscule du soir » et « La Solitude » (poèmes 22 et 23). Jusqu'à sa mort, **il ne cessera d'en écrire et d'en publier dans divers revues et journaux :** cinq sont publiés en 1857 ; quatorze en 1862 ; neuf en 1863 ; neuf autres en 1864. Le jour même de son décès, la *Revue nationale et étrangère* publie « Portraits de maîtresses » (poème 42), « Le Tir et le Cimetière » (poème 45) et « Anywhere out of the world » (poème 48).

• **Posthume, ce recueil est aussi incomplet** : il comporte cinquante poèmes alors que, d'après ses notes, Baudelaire avait prévu d'en écrire le double. Mais s'il demeure incomplet, il ne comporte aucun poème inachevé ou inabouti. Ce ne sont pas des esquisses, encore moins des ébauches, mais bien des œuvres à part entière.

PROSE ET POÉSIE

1 • Une prose contemporaine de la poésie

• **La rédaction du recueil est contemporaine de celle des *Fleurs du mal*.** Il n'y a donc pas lieu de distinguer chez Baudelaire deux périodes, l'une où il se serait adonné à la prose et l'autre aux vers. **Celui-ci a simultanément pratiqué les deux types d'écriture.** Poète, il est aussi prosateur ; prosateur, il est aussi poète. L'année même de la publication des *Fleurs du mal,* Baudelaire publie sous le titre *Poèmes nocturnes* « L'Horloge » (poème 16), « L'Invitation au voyage » (poème 18), « Les Projets » (poème 24). Preuve en sont encore les **interférences existantes entre les poèmes versifiés et les poèmes en prose.** Comment lire en effet *Le Spleen de Paris* sans songer à la section des « Tableaux parisiens » des *Fleurs du mal* ? Comment ne pas rapprocher par exemple « La Chevelure » (*Les Fleurs du mal*) du poème en prose « Un hémisphère dans une chevelure » (poème 17) ?

2 • Une « prose poétique »

• Il y a d'autant moins de raison d'opposer prose et poésie que, chez Baudelaire, la **prose devient poésie**. *Le Spleen de Paris* dissocie certes la poésie du vers, mais c'est pour mieux en retrouver la musique, la souplesse et le lyrisme accordé aux « ondulations de la rêverie », aux « soubresauts de la conscience ». C'est selon les termes mêmes de Baudelaire, « le miracle d'une prose poétique ».

• *Les Fleurs du mal* comme *Le Spleen de Paris* obéissent enfin à la même esthétique : la quête du « Beau », seul salut possible pour un artiste, et celle de la **« modernité »**, qui s'efforce de dégager **« l'éternel du transitoire »**.

Baudelaire et les arts

LA PEINTURE

• **L'œuvre de Baudelaire entretient d'étroits rapports avec la peinture.** Outre les *Salons* – ces comptes rendus d'expositions officielles, très académiques et conservatrices –, *Les Fleurs du mal* comportent une section significativement intitulée « Tableaux parisiens ». *Le Spleen de Paris* fait lui aussi référence à la peinture. Le poème **« La Corde » (30) est dédié à Édouard Manet.** « Les Bons Chiens » (50) décrivent le tableau *L'Intérieur d'un saltimbanque*, du peintre belge **Joseph Stevens** (1816-1892). Un autre poème s'intitule « Le Désir de peindre » (36), un autre, « Portraits de maîtresses » (42), joue sur le double sens, littéraire et pictural, du mot « portrait ». Quelles sont donc les grandes tendances de la peinture à l'époque de Baudelaire ?

• Les peintres **Eugène Delacroix** (1798-1863 ; *La Liberté guidant le peuple*, 1831) et, avant lui, **Théodore Géricault** (1791-1824 ; *Le Radeau de la méduse*, 1819) recherchent l'expressivité et font appel à l'imaginaire : ils s'inscrivent dans la **mouvance romantique.**

• **Gustave Courbet** (1819-1877 ; *L'Enterrement à Ornans*, 1849), **Jean-François Millet** (1814-1875 ; *Les Glaneuses*, 1857) et, un peu plus tard, **Camille Pissarro** (1830-1903) optent pour le **réalisme. Édouard Manet** (1832-1883 ; auteur d'un portrait de Jeanne Duval), que Baudelaire admire et défend lors du scandale que suscitent deux de ses toiles (*Le Déjeuner sur l'herbe*, 1863, et *Olympia*, 1865), peint le Paris moderne du baron Haussmann (1809-1891) puis évolue vers une peinture moins urbaine et plus de plein air.

• Son évolution ouvre la voie à l'impressionnisme dont **Claude Monet** (1840-1926) devient vite le chef de file (*Impression, soleil levant*, 1872). Il s'agit de fixer les nuances et les reflets de la lumière, de transcrire les « impressions » que suscite un paysage et non plus de le reproduire.

LA PHOTOGRAPHIE

• Même s'il eut pour amis plusieurs photographes, **Baudelaire n'aime pas la photographie**. Comme il l'écrit dans « Le public moderne et la photographie » (in *Salon de 1859*), il lui reproche de n'être qu'une **plate reproduction du réel.**

La photographie n'en est pas moins à son époque le symbole du progrès technique et de la modernité.

• Encouragée par Napoléon III, elle connaît un vif essor. **Édouard-Denis Baldus** (1813-1889) prend les premiers clichés des principaux monuments de Paris, ainsi que de ses gares. **Eugène Atget** (1857-1927) et **Charles Nègre** (1820-1880) s'intéressent au Paris ouvrier et artisanal. Photographe, aéronaute et ami de Baudelaire, **Félix Nadar**, de son vrai Félix Tournachon (1820-1910), réalise une série de portraits des célébrités de son temps : les écrivains Théophile Gautier, Alexandre Dumas ou Baudelaire, les actrices Rachel et Sarah Bernhardt. Mais c'est à **Étienne Carjat** (1828-1906) que l'on doit le portrait, réalisé vers 1863, le plus connu de Baudelaire.

LA MUSIQUE

• Baudelaire eut **deux grandes admirations musicales**, toutes deux de forme et d'inspiration très romantiques. Son poème « Le Thyrse » (32) est dédié au compositeur et pianiste hongrois **Franz Liszt** (1811-1886), dont les œuvres sont très vite connues dans toute l'Europe (principalement sa *Sonate en si mineur*, 1853 ; et ses *Rhapsodies hongroises*, 1860).

• L'Allemand **Richard Wagner** (1813-1883) est l'autre compositeur apprécié du poète. Celui-ci lui consacra un long et élogieux article en 1860, intitulé « Richard Wagner et le *Tannhäuser* à Paris ». *L'Or du Rhin* (1854), *La Walkyrie* (1856), *Siegfried* (1856, 1869) et *Le Crépuscule des dieux* (1869-1874) constituent la tétralogie la plus célèbre de Wagner.

L'organisation du recueil

UNE « TORTUEUSE FANTAISIE »

• Contrairement aux *Fleurs du mal*, *Le Spleen de Paris* n'obéit à **aucune organisation d'ensemble**. Baudelaire en avertit d'emblée son lecteur dans son épître dédicatoire à Arsène Houssaye : son recueil, dit-il, « n'a ni queue ni tête puisque tout, au contraire, y est à la fois tête et queue, alternativement et réciproquement » (p. 7, l. 2).

• Cette absence d'organisation correspond bien aux **flâneries d'un « promeneur solitaire »** allant ici et là sans but précis, passant d'une idée ou d'une observation à une autre sans souci de continuité logique. Elle donne aussi au lecteur une pleine liberté de lire ces « petits poèmes » comme il l'entend : dans l'ordre de leur numérotation ou au hasard, par regroupement thématique (les rêves, les pauvres, le « spleen », les femmes, etc.) ou selon leurs caractéristiques génériques (des portraits, des monologues, etc.). **Chaque poème forme un ensemble autonome, ne tenant sa valeur et son sens que de lui-même**.

LA CLASSIFICATION DE BAUDELAIRE

• N'entrant dans aucun plan d'ensemble, ces poèmes sont toutefois susceptibles de regroupements. D'après des notes manuscrites retrouvées par ses amis après sa mort, Baudelaire avait songé à les répartir en trois groupes :

– « **choses parisiennes** » : ainsi appelée sans doute en écho aux « Tableaux parisiens » des *Fleurs du mal* et des *Choses vues* (1830-1855) de Victor Hugo, cette section évoque **Paris, ses habitants, ses curiosités, ses anecdotes et ses scènes prises sur le vif**. On peut y ranger les poèmes tels que « Le Désespoir de la vieille » (2) ou « Les Foules » (12)[1] ;

1. Et aussi les poèmes « La Chambre double » (5), « Le Mauvais Vitrier » (9), « Les Veuves » (13), « Le Vieux Saltimbanque » (14), « Les Yeux des pauvres » (26), « La Fausse Monnaie » (28), « Le Joueur généreux » (29), « La Corde » (30), « Les Fenêtres » (35) et « Mademoiselle Bistouri » (47).

– « **symboles et moralités** » : ce sont tous les poèmes, les plus nombreux, qui possèdent une **connotation morale** ou qui sont des **allégories** comme « L'Étranger » (1) ou « Le Fou et la Vénus » (7)[1] ;
– « **onéirocritie** » : sous ce terme savant (de la même famille que le mot « onirisme »), Baudelaire désignait ses poèmes qui de près ou de loin se rapportent à l'**univers du rêve ou de la rêverie**, comme « La Chambre double » (5) ou « Les Tentations, ou Éros, Plutus et la Gloire » (21)[2].

• Commode et précieuse parce qu'elle correspond à un moment de la réflexion du poète, cette classification possède toutefois ses limites. D'abord on ne sait évidemment pas si Baudelaire l'aurait conservée, modifiée ou complétée s'il avait pu mener son projet à son terme. Ensuite elle présente surtout l'inconvénient de n'être que thématique.

VERS UNE CLASSIFICATION PAR GENRES

• Un autre classement est en effet possible, qui prend davantage en compte la nature des textes. Ces « petits poèmes » relèvent d'esthétiques très diverses. On y trouve :
– des **portraits** : certains sont individuels (« La Belle Dorothée », 25), d'autres sont collectifs (« Les Veuves », 13 ; « Portraits de maîtresses », 42). Ils sont statiques (« Les Fenêtres », 35) ou en action (« La Femme sauvage et la Petite-Maîtresse », 11) ;
– des **descriptions** de lieux fictifs ou réels : « La Chambre double » (5) ; « Un hémisphère dans une chevelure » (17) ; « Le Port » (41) ;

1. Sont également concernés les poèmes : « Le Chien et le Flacon » (8), « Á une heure du matin » (10), « La Femme sauvage et la Petite-Maîtresse » (11), « Le Vieux Saltimbanque » (14), « Le Joujou du pauvre » (19), « Les Dons des fées » (20), « Le Crépuscule du soir » (22), « La Solitude » (23), « Les Projets » (24), « La Belle Dorothée » (25), « Une mort héroïque » (27), « Le Joueur généreux » (29), « Le Thyrse » (32), « Enivrez-vous » (33), « Le Désir de peindre » (36), « Les Bienfaits de la lune » (37), « Laquelle est la vraie ? » (38), « Un cheval de race » (39), « Le Miroir » (40).

2. On peut aussi citer les poèmes : « Le Gâteau » (15), « Un hémisphère dans une chevelure » (17), « L'Invitation au voyage » (18), « Le Désir de peindre » (34), « Le Port » (41).

– des **monologues** faisant entendre la voix d'un « je » (à ne pas confondre automatiquement avec Baudelaire), ils sont souvent la source d'un lyrisme (« Le *Confiteor* de l'artiste », 3 ; « À une heure du matin », 10 ; ou « Anywhere out of the world », 48) ;
– des **allégories** dont le procédé littéraire consiste à personnifier une abstraction ou, dans un sens plus large, à illustrer un thème. On retrouve l'allégorie dans de nombreux poèmes, notamment dans « Chacun sa chimère » (6) qui est une évocation du sort de l'humanité ; ou dans « Les Tentations » (21) mettant en scène le jeu des désirs et des ambitions ; ou encore dans « Le Vieux Saltimbanque » (14) qui devient l'image de l'écrivain oublié ;
– des **anecdotes** réelles ou imaginées, qui s'apparentent parfois à des portraits en action : « Un plaisant » (4); « Le Joueur généreux » (29) ; « Mademoiselle Bistouri » (47) ou « Le Galant Tireur » (43) ;
– des **réflexions et méditations**, à portée souvent générale : « Les Dons des fées » (20), « La Solitude » (23), « Les Vocations » (31), « Le Thyrse » (32) ou « Enivrez-vous » (33).

• Par leur plasticité et liberté, les poèmes en prose s'adaptent à toutes les esthétiques. C'est leur originalité. Ils ne cessent de surprendre.

DE LA POÉSIE À LA PROSE : ÉCHOS ET CORRESPONDANCES

• Entre *Les Fleurs du mal* et *Le Spleen de Paris* existent de multiples liens et similitudes, de telle sorte qu'il est impossible de lire certains textes en prose sans se référer à leurs équivalents versifiés.

1 • Les doublets

• Certains d'entre eux portent en effet le même titre, ou des titres très voisins, et traitent des mêmes sujets. En voici quelques exemples.

Le Spleen de Paris	Les Fleurs du mal
« Un hémisphère dans une chevelure » (17)	« La Chevelure » (*Spleen et Idéal*, 23)
Dans les poèmes, la caresse d'une chevelure de femme se mue en un voyage vers des paradis exotiques.	
« Le Crépuscule du soir » (22)	« Le Crépuscule du soir » (*Tableaux parisiens*, 45)
Un moment de libération et d'apaisement pour le poète.	

<table>
<tr><th>Le Spleen de Paris</th><th>Les Fleurs du mal</th></tr>
<tr><td>« Le Désespoir de la Vieille » (2)</td><td>« Les Petites Vieilles » (Tableaux parisiens, 41)
« Les Sept Vieillards » (Ibid., 40)</td></tr>
<tr><td colspan="2">La solitude des femmes âgées.</td></tr>
<tr><td>« L'Invitation au voyage » (48)</td><td>« L'Invitation au voyage » (Spleen et Idéal, 53)
« Parfum exotique » (Spleen et Idéal, 22)</td></tr>
<tr><td colspan="2">Invitation à la femme aimée de suivre le poète dans le merveilleux pays qui ressemble à son visage de femme.</td></tr>
<tr><td>« L'Horloge » (16)</td><td>« L'Horloge » (Spleen et Idéal, 85)</td></tr>
<tr><td colspan="2">Variations ici ironiques, là tragiques sur le Temps.</td></tr>
<tr><td>« À une heure du matin » (10)</td><td>« L'Examen de minuit » (Spleen et Idéal, 3e éd., 89)</td></tr>
<tr><td colspan="2">Comment accepter de se complaire dans la lâcheté, l'hypocrisie, le sacrilège ?</td></tr>
<tr><td>« La Belle Dorothée » (25)</td><td>« Bien loin d'ici » (Spleen et Idéal, 3e éd., 99)</td></tr>
<tr><td colspan="2">Éloge d'une beauté exotique, ici tragique, là plus heureuse.</td></tr>
<tr><td>« Anywhere out of the world » (48)</td><td>« Le Voyage » (La Mort, 126)</td></tr>
<tr><td colspan="2">La fuite, par tous les moyens, hors de ce monde désespérant.</td></tr>
</table>

2 • Des similitudes thématiques

• Les **mêmes thèmes** parcourent parfois les textes en prose et les poèmes en vers. Il n'y a pas lieu de s'en étonner. Si **les écritures en effet diffèrent**, la sensibilité profonde du poète, ses obsessions, ses angoisses et ses joies, sa vision du monde, quant à elles, ne changent pas, même si elles peuvent connaître des inflexions.

• Le **désespoir de l'artiste, obsédé par la quête de la Beauté** qu'il ne sait pourtant ne jamais pouvoir pleinement atteindre, se retrouve à la fois dans *Le Spleen de Paris* (par exemple, « Le *Confiteor* de l'artiste », 3 ou « Le Fou et la Vénus », 7) comme dans *Les Fleurs du mal* (« La Beauté », *Spleen et Idéal*, 7 ; « Hymne à la beauté », *Ibid.* 11 ; ou « Chant d'automne », *Ibid.* 57).

• La « double postulation », **aspiration simultanée vers Dieu, « l'Idéal », et le Mal, « Satan »**, est un thème présent dans « La Chambre double » (*Le Spleen de Paris*, 5) et « Élévation » ou « La Destruction » (*Les Fleurs du mal*).

• Comment échapper au Temps ? L'**évasion par l'ivresse, le rêve ou le voyage** est présente notamment dans « Enivrez-vous » (*Le Spleen de Paris*, 33) comme dans la section « Le Vin » des *Fleurs du mal* (poèmes 104 à 107).

La figure du poète

UNE FIGURE POLYMORPHE

Dans *Le Spleen de Paris*, le poète change souvent d'identités, il se dédouble, il se reconnaît dans autrui. Ses visages sont donc multiples.

1 • L'existence de doubles

• Le recueil s'ouvre sur « L'Étranger », image du **poète solitaire et exilé ici-bas** ; il se clôt sur « Les Bons Chiens », nouvel avatar du poète et **synthèse de son art poétique** : « J'invoque la muse familière, la citadine, la vivante pour qu'elle m'aide à chanter les bons chiens, les pauvres chiens, les chiens crottés, ceux-là que chacun écarte, comme pestiférés et pouilleux, excepté le pauvre dont ils sont les associés, et le poète qui les regarde d'un œil fraternel » (p. 23, l. 14). Chez Baudelaire, les **portraits** dissimulent souvent des **autoportraits**. Les autres, du moins certains autres, le révèlent à lui-même : « Qu'importe ce que peut être la réalité placée hors de moi, si elle m'a aidé à vivre, à sentir que je suis et ce que je suis ? », dit-il dans « Les Fenêtres » (poème 35, l. 20).

• **L'extériorité ramène ainsi à l'intériorité**. La réciprocité est aussi vraie. Au milieu de la « multitude », le poète « peut à sa guise être lui-même et autrui » (« Les Foules », 12, l. 9-10). L'intériorité conduit alors ici à l'extériorité. Mais quel que soit son sens, c'est toujours le même **détour par autrui**. C'est pourquoi on ne peut analyser la figure du poète à travers le seul « *Confiteor* de l'artiste » (poème 3). Il faut tenir compte de ses divers doubles.

2 • Doubles redoutés et doubles fraternels

• Au hasard de ses flâneries, le **poète croise ceux qu'il ne souhaite pas être ou qu'il craint un jour de devenir**. « Le Mauvais Vitrier » (9) est un artiste raté, incapable de saisir et de rendre les couleurs de la vie. « Le Vieux Saltimbanque » (14) le fait songer à un « vieil homme de lettres qui a survécu à la génération dont il fut le brillant amuseur », à un « vieux poète sans amis, sans famille, sans enfants, dégrad[é] par sa misère et par l'ingratitude publique » (l. 72-75).

• D'autres doubles sont en revanche moins angoissants, tel cet enfant à la vocation musicale incomprise, mais affirmée, et en qui le poète voit « un frère » inattendu (« Les Vocations », 31). Plus généralement, **celui-ci se reconnaît dans les exclus**, qu'ils soient ou non artistes, les uns en raison de leurs souffrances et blessures (« Le Désespoir de la vieille », 2), les autres pour leur **dignité aristocratique** (« Les Veuves », 13). Si paradoxal que soit son titre, « Assommons les pauvres » (49) n'a pas d'autre but que celui de **rendre au pauvre sa dignité**, de faire de lui l'« égal » du poète. Ainsi les doubles sont-ils eux-mêmes de deux ordres : esthétique et « fraternitaire ». L'artiste ne saurait être un monstre froid, sensible à son art et insensible aux autres.

UN RÊVEUR À JAMAIS À PART

1 • Un être solitaire et incompris

• Le poète reste pourtant **conscient de sa différence**. Même au milieu des autres, il n'est jamais tout à fait comme les autres. « Déjà ! » (poème 34) met en scène sa singularité : passager parmi d'autres voyageurs, il est le seul à regretter la fin de la traversée. De là vient l'incompréhension qui l'entoure. Elle est permanente et réciproque. **Le monde ne le comprend pas** à l'image de ceux qui le regardent comme un « étranger » (poème 1), ou ceux qui dédaignent son œuvre à l'exemple du « chien » qui détourne son museau du « flacon de parfum délicat » qu'il lui tend (poème 8) ou encore, à l'image de la femme qui le somme vulgairement de « manger sa soupe » au lieu de contempler les « nuages » (poème 44).

• Mais à l'inverse, **lui-même ne comprend pas le monde**. De retour dans sa chambre « À une heure du matin » (10), il savoure sa liberté retrouvée, loin des hypocrisies, des lâchetés et de la bêtise générales. **Il lui arrive même de ne pas se comprendre lui-même**, se sentant « toujours bien là » où il n'est pas (« Anywhere out of the world », 48). Aussi sa solitude est-elle à la fois subie et recherchée voire cultivée, comme dans « Le Crépuscule du soir » (22) ou « La Solitude » (23).

2 • Un être en quête d'un « ailleurs »

• S'il est incompris et solitaire, c'est que **le poète est épris d'un « ailleurs »** obsédant, seul moyen à ses yeux d'**échapper au « spleen » et à la médiocrité du quotidien**. Les formes de cet « ailleurs » sont diverses. C'est tantôt un voyage vers un lieu exotique, paradisiaque, toujours plus rêvé que réalisé, d'autant plus lointain qu'il est immobile (« Un hémisphère dans une chevelure », 17 ; « L'Invitation au voyage », 18 ; « Le Port », 41). C'est tantôt le désir fou d'**échapper aux contraintes de la condition humaine, notamment au « Temps »**, qui désole et dégrade avec « son démoniaque cortège de Souvenirs et de Regrets » (« La Chambre double », 5).

• Dès lors tout est bon – la « vertu » comme la « poésie », le vin comme les « paradis artificiels » (« Enivrez-vous ! », 33) – pour **échapper à ce monstre**, pour fuir cette vie qui « est un hôpital où chaque malade est possédé du désir de changer de lit », pour, en définitive, aller « n'importe où ! n'importe où ! pourvu que ce soit hors du monde » (« Anywhere out of the world », 48).

UN ARTISTE AU SERVICE DE LA BEAUTÉ

1 • Le salut douloureux par l'art

• Dans ces conditions, **la Beauté, seule, console et justifie l'artiste.** Qu'il s'agisse d'un peintre attentif à voir et à rendre « la vie plus vivante et plus significative » (« La Corde », 30) ou d'un musicien tel Franz Liszt, en qui Baudelaire salue le « chantre de la Volupté et de l'Angoisse éternelles » ou bien d'un poète, la Beauté est pour tout artiste l'idéal absolu. Et comme tout idéal, **elle attire et demeure à jamais inaccessible.** Fait « pour comprendre et sentir l'immortelle Beauté », le « Fou » n'obtient aucun regard de « Vénus », statue parfaite mais insensible. Aussi le poète souffre-t-il de ne pouvoir atteindre la perfection dont il rêve. « Le *Confiteor* de l'artiste » (poème 3) est une **poignante évocation de son drame intérieur** : « Ah ! faut-il éternellement souffrir, ou fuir éternellement le beau ? [...] »

• L'étude du Beau est un duel où l'artiste crie de frayeur avant d'être vaincu. Son impuissance même est pourtant source de jouissance : « Malheureux peut-être l'homme, mais heureux l'artiste que le désir déchire ! » (« Le Désir de peindre », 36, l. 1-2). **L'artiste est crucifié et sauvé par son art**, paradoxe incompréhensible à qui n'est pas soi-même un artiste !

2. Peindre la vie moderne

• **Cet idéal de beauté n'est ni abstrait ni intemporel.** Il réside ici, dans Paris et les « villes énormes », et maintenant, dans le présent. « Arrière la muse académique ! », s'exclame Baudelaire. Celle-ci est trop compassée et trop artificielle. Il n'a « que faire de cette vieille bégueule » (« Les Bons Chiens », 50, l. 14). Au poète, en revanche, de **voir au-delà et à travers les choses,** de transfigurer, par exemple, un « taudis » prosaïque en une « chambre double », « véritablement *spirituelle* » (poème 5, l. 2) ou d'apercevoir le rire fraternel de deux enfants que pourtant tout sépare socialement (« Le Joujou du pauvre », 19). À lui encore de savoir voyager dans « l'océan » d'une chevelure (poème 17), de saisir ce que voient et disent

« les yeux des pauvres » (poème 26), de s'interroger sur la dualité des êtres (« Laquelle est la vraie ? », 38) ou sur leurs motivations profondes (« Le Galant Tireur », 43). À lui surtout de saisir la dignité sous la tristesse et l'âge (« Un cheval de race », 39), la beauté fugitive d'une femme, « apparue si rarement et qui a fui si vite » (« Le Désir de peindre », 36).

• Si le **« spleen » de Paris se confond avec le désespoir que l'on éprouve à y vivre**, c'est aussi l'ennui que l'on peut éprouver à vivre loin de la capitale et des rencontres miraculeuses ou fascinantes que l'on peut y faire.

Qu'est-ce qu'un poème en prose ?

L'expression « poème en prose » surprend à première vue, tant on a coutume d'opposer la prose à la poésie. Baudelaire explique cette expression dans sa dédicace : « Quel est celui de nous qui n'a pas, dans ses jours d'ambition, rêvé le miracle d'une prose poétique, musicale sans rythme et sans rime, assez souple et assez heurtée pour s'adapter aux mouvements lyriques de l'âme, aux ondulations de la rêverie, aux soubresauts de la conscience ? » Cette phrase commande toute l'esthétique du recueil. Elle consacre le divorce de la poésie et de la versification. Ce divorce, à vrai dire, n'est pas propre au XIX*e siècle. Il était déjà sensible au* XVIII*e siècle (**voir l'anthologie des poèmes en prose, p. 131**).*

LA RECHERCHE D'UNE PROSE MUSICALE

• Poétique, la prose le devient par ses rythmes et ses effets sonores, musicaux. L'abandon de la métrique n'implique pas leur disparition. De nombreux **procédés rhétoriques** peuvent contribuer à les créer. En voici les principaux :

– l'**assonance** (répétition d'un même phonème vocalique) : « La petite vieille se sentit toute réjouie » (« Le Désespoir de la vieille », 2) ;
– l'**allitération** (répétition de phonèmes consonantiques) : « Il est un pays superbe, un pays de Cocagne... » (« L'Invitation au voyage », 18) ;
– l'**anaphore** (répétition d'un même mot en tête de phrase ou de paragraphe) qui possède une évidente puissance incantatoire : « Enfin ! seul ! » // Enfin ! // Horrible vie ! Horrible ville ! » (« À une heure du matin », 10).

• Le **« rythme »** auquel Baudelaire dit renoncer est le rythme régulier imposé par la versification (hémistiche, coupe et césure). En revanche, le poète aime volontiers les **cadences ternaires** : « Partout s'étalait, se répandait, s'ébaudissait le peuple » (« Le Vieux Saltimbanque », 14). Il recourt aussi à la **parataxe** (suppression de toute conjonction de coordination ou de subordination) qui crée des effets rythmiques variés :
– tantôt **hachés et saccadés** : « Horreur ! je me souviens ! je me souviens ! Oui ! » (« La Chambre double », 5) ;
– tantôt équilibrés dans des **parallélismes** : « C'est là qu'il faut aller vivre, c'est là qu'il faut aller mourir ! » (« L'Invitation au voyage », 18).

• Baudelaire recourt également à des **vers blancs**, c'est-à-dire non rimés. Par exemple, les poèmes les plus lyriques (« Un hémisphère dans une chevelure », 17 ; « L'Invitation au voyage », 18 et « Le Crépuscule du soir », 22) renferment des octosyllabes, des décasyllabes et des alexandrins. Enfin, le poète ne s'interdit pas les refrains, comme dans « Enivrez-vous » (poème 33), où la phrase « De vin, de poésie ou de vertu, à votre guise » revient deux fois.

LE PRIMAT DES IMAGES

• Poétique, la prose le devient également par ses nombreuses images :

– les **comparaisons** : « Une chambre qui ressemble à une rêverie » (« La Chambre double », 5) ; « hurlant comme un damné, secouant les barreaux comme un orang-outang » (« La Femme sauvage », 11) ;
– les **métaphores** : « Le deuil profond de la Nuit » (« Le Crépuscule du soir », 22) ; « Un port est un séjour charmant » (« Le Port », 41) ; « Cette vie est un hôpital » (« Anywhere out of the world », 48) ;
– les **personnifications** (figures de style consistant à attribuer des propriétés humaines à un animal ou à une chose inanimée), avec leurs majuscules, sont récurrentes. Citons le « Temps », l'« Amour » (« Un cheval de race », 39), le « cortège de Souvenirs, de Regrets, de Spasmes, de Peurs, d'Angoisses, de Cauchemars, de Colères et de Névroses » (« La Chambre double », 5) ou bien les « Chimères » (« Chacun sa chimère », 6) ;
– les **antonomases** (figures de style transformant des noms propres en noms communs) apparaissent dans : « les Nérons » (« Une mort héroïque », 27) ; les « Hercules » (« Le Vieux Saltimbanque », 14) ;
– les **allégories** (figures de style consistant à représenter de façon imagée une idée abstraite) parcourent le recueil : le « Vieux Saltimbanque », solitaire et oublié, devient l'image du « vieil homme de lettres qui a survécu à la génération dont il fut le brillant amuseur » (poème 14) ; le « Thyrse » (poème 32) est l'image du génie de Liszt : « Le bâton, c'est votre volonté, droite, ferme et inébranlable ; les fleurs, c'est la promenade de votre fantaisie autour de votre volonté » ;
– les **symboles** (figures de style, qui, à la différence des allégories, sont moins explicites et peuvent recevoir, par associations d'idées, plusieurs explications) sont aussi présents. Ainsi, les « nuages », si chers à Baudelaire, peuvent connoter la rêverie, la liberté, un ailleurs, la fugacité, la métamorphose...

• Dans *Le Spleen de Paris*, tout est image, jusqu'aux titres de certains textes, comme « Les Tentations ou Éros, Plutus et la Gloire » (21) ou plus simplement « Le Miroir » (40).

UNE QUÊTE DE LA MODERNITÉ : DIVERSITÉ, SURPRISE ET FUGACITÉ

• De l'aveu même de Baudelaire, son idéal de « prose poétique » est né de « la fréquentation des villes énormes », du « croisement de leurs innombrables rapports » (« À Arsène Houssaye », p. 8, l. 31). **La ville, c'est d'abord et naturellement Paris, dont le visage change sans cesse.** Ici, ce sont des rues ou des boulevards (« Le Mauvais Vitrier », 9), là un parc ou un jardin (« Le Fou et la Vénus », 7), ailleurs des maisons, des chambres et des fenêtres (« La Chambre double », 5 ; « Les Fenêtres », 35) ou des cafés et cabarets (« Le Tir et le Cimetière », 45).

• Le « promeneur » qu'est le poète devient, au hasard de ses rencontres, **voyeur et voyant : il observe autrui et il devine ou imagine ses souffrances.** Ce sont les enfants, les personnes âgées, les veuves, pour qui Baudelaire éprouve une compassion évidente. Mais il évoque aussi « un joueur généreux » (poème 29), un peintre et son modèle (« La Corde », 30), un « galant tireur » (poème 43) ou une folle (« Mademoiselle Bistouri », 47).

• La **variété des genres** pratiqués participe de cette diversité. Le lecteur passe d'un texte bref à un autre plus long, d'une anecdote à une nouvelle, d'un rêve exotique à un chant désespéré. Les **registres** ne sont pas moins multiples. Baudelaire s'y fait tour à tour **ironique, pathétique**, **lyrique**. Il **argumente,** philosophe, médite.

• Il en découle des **effets de surprise permanents**. Les ruptures de ton font sursauter. Le poète se voit ainsi traiter de « s[acré] b[ougre] de marchand de nuages » (« La Soupe et les Nuages », 44, l. 12). Lui-même se fait **volontiers agressif** (« À une heure du matin », 10 ; « Le Mauvais Vitrier », 9), provocateur quand il encourage à s'enivrer (poème 33), à « assomm[er] les pauvres » (poème 49), ironiquement **paradoxal** dans « La Fausse Monnaie » (poème 28), ou encore **sacrilège** quand il jure dans « Mademoiselle Bistouri » (poème 47). Blessé par l'imbécillité de certains (« Un plaisant », 4) et par l'hypocrisie et la lâcheté générales (« À une heure du matin », 10), le poète sait aussi reconnaître ses contradictions (« Les Tentations », 21) : singulier dans la foule, il aspire à la solitude (« La Solitude », 23 ; « Déjà ! », 34) tout en la redoutant parfois (« Le Vieux Saltimbanque », 14). De surprise en étonnement, de diversité en variété, tout change, se transforme, à l'image de la vie dans les « villes énormes », où tout y est fugace, renouvelé, « moderne ».

Les foules de Paris

Si Paris occupe une place importante dans la littérature, c'est que la capitale est tout à la fois un lieu géographique et un espace imaginaire. Tout y est possible, le meilleur comme le pire, et les rencontres y sont innombrables. Il suffit d'observer, et en premier lieu la foule qui n'existe nulle part ailleurs que dans la capitale. C'est pour s'en plaindre, s'y perdre ou s'en réjouir que les auteurs l'évoquent.

DOCUMENT 1

NICOLAS BOILEAU, *Satires* (1666) ♦ « Satire 6 », vers 31 à 70

*Auteur d'*Épîtres *et de* Satires, *Nicolas Boileau (1636-1711) peste dans sa « Satire 6 » contre les bruits de la vie parisienne, les embarras de circulation et le comportement agressif de la foule. Pour lui, Paris, c'est l'enfer.*

[...] En quelque endroit que j'aille, il faut fendre la presse[1]
D'un peuple d'importuns qui fourmillent sans cesse :
L'un me heurte d'un ais[2] dont je suis tout froissé[3] ;
Je vois d'un autre coup mon chapeau renversé.
Là, d'un enterrement la funèbre ordonnance[4],
D'un pas lugubre et lent vers l'église s'avance ;
Et plus loin des laquais l'un l'autre s'agaçants,
Font aboyer les chiens et jurer les passants.
Des paveurs en ce lieu me bouchent le passage.
Là, je trouve une croix[5] de funeste présage,
Et des couvreurs grimpés au toit d'une maison,
En font pleuvoir l'ardoise et la tuile à foison.
Là, sur une charrette une poutre branlante
Vient menaçant de loin la foule qu'elle augmente,
Six chevaux attelés à ce fardeau pesant
Ont peine à l'émouvoir[6] sur le pavé glissant.
D'un carrosse en passant il accroche une roue,
Et du choc le renverse en un grand tas de boue[7] :

1. **Fendre la presse :** se frayer un chemin dans la foule.
2. **Ais :** planche.
3. **Froissé :** physiquement meurtri.
4. **Ordonnance :** procession.
5. **Croix :** ici sorte de panneau de signalisation avertissant les passants d'un danger.
6. **Émouvoir :** faire bouger.
7. La saleté et la puanteur des rues étaient régulièrement dénoncées et constituaient un lieu commun de la littérature satirique.

REPÈRES | FICHES | DOCUMENTS | OBJECTIF BAC

Quand un autre à l'instant s'efforçant de passer,
Dans le même embarras se vient embarrasser.
Vingt carrosses bientôt arrivant à la file,
Y sont en moins de rien suivis de plus de mille,
Et, pour surcroît de maux, un sort malencontreux
Conduit en cet endroit un grand troupeau de bœufs.
Chacun prétend passer ; l'un mugit, l'autre jure ;
Des mulets en sonnant augmentent le murmure.
Aussitôt cent chevaux[1] dans la foule appelés,
De l'embarras qui croît[2] ferment les défilés,
Et partout, des passants enchaînant les brigades[3],
Au milieu de la paix font voir les barricades.
On n'entend que des cris poussés confusément :
Dieu, pour s'y faire ouïr[4], tonnerait vainement.
Moi donc, qui dois souvent en certain lieu me rendre,
Le jour déjà baissant, et qui suis las d'attendre,
Ne sachant plus tantôt à quel saint me vouer[5],
Je me mets au hasard de me faire rouer[6].
Je saute vingt ruisseaux, j'esquive, je me pousse ;
Guénaud[7] sur son cheval en passant m'éclabousse :
Et, n'osant plus paraître en l'état où je suis,
Sans songer où je vais, je me sauve où je puis. [...]

DOCUMENT 2

HONORÉ DE BALZAC, *La Fille aux yeux d'or* (1834) ♦ incipit

L'auteur développe à son tour l'image d'un Paris infernal dans La Fille aux yeux d'or *(1834), roman qui s'insère dans les « Scènes de la vie parisienne ».*

1. Cent chevaux : ce sont ceux du « guet », de la police, dont l'arrivée va donner à l'embouteillage des allures d'émeute.
2. Qui croît : qui augmente.
3. Brigades : unités du « guet ».
4. Ouïr : entendre.
5. Ne sachant plus à quel saint me vouer : ne sachant plus comment me tirer d'affaire.
6. Rouer : battre.
7. Guénaud : nom d'un médecin qui avait coutume de se déplacer dans Paris à cheval, contrairement à ses confrères qui montaient une mule.

À Eugène Delacroix, peintre[1]

Un des spectacles où se rencontre le plus d'épouvantement[2] est certes l'aspect général de la population parisienne, peuple horrible à voir, hâve[3], jaune, tanné[4]. Paris n'est-il pas un vaste champ incessamment remué par une tempête d'intérêts sous laquelle tourbillonne une moisson d'hommes que la mort fauche plus souvent qu'ailleurs et qui renaissent toujours aussi serrés, dont les visages contournés[5], tordus, rendent par tous les pores l'esprit, les désirs, les poisons dont sont engrossés leurs cerveaux ; non pas des visages, mais bien des masques : masques de faiblesse, masques de force, masques de misère, masque de joie, masques d'hypocrisie ; tous exténués, tous empreints des signes ineffables[6] d'une haletante avidité ? Que veulent-ils ? De l'or, ou du plaisir ?

Quelques observations sur l'âme de Paris peuvent expliquer les causes de sa physionomie cadavéreuse[7] qui n'a que deux âges, ou la jeunesse ou la caducité[8] : jeunesse blafarde[9] et sans couleur, caducité fardée qui veut paraître jeune. En voyant ce peuple exhumé[10], les étrangers, qui ne sont pas tenus de réfléchir, éprouvent tout d'abord un mouvement de dégoût pour cette capitale, vaste atelier de jouissances, d'où bientôt eux-mêmes ils ne peuvent sortir, et restent à s'y déformer[11] volontiers. Peu de mots suffiront pour justifier physiologiquement la teinte presque infernale des figures parisiennes, car ce n'est pas seulement par plaisanterie que Paris a été nommé un enfer[12]. Tenez ce mot pour vrai. Là, tout fume, tout brûle, tout brille, tout bouillonne, tout flambe, s'évapore, s'éteint, se rallume, pétille et se consume. Jamais vie en aucun pays ne fut plus ardente, ni plus cuisante.

DOCUMENT 3

CHARLES BAUDELAIRE, *Le Spleen de Paris* (1869) ♦ « Les Foules », p. 29

Les flâneries dans Paris sont pour Baudelaire une manière de se projeter dans autrui. D'où l'image kaléidoscopique qu'il donne de Paris, où les impressions et les sensations se succèdent sur un rythme accéléré.

1. **Eugène Delacroix** (1798-1863) : peintre romantique et ami proche de Balzac.
2. **Épouvantement :** épouvante.
3. **Hâve :** amaigri.
4. **Tanné :** basané.
5. **Contournés :** déformés.
6. **Ineffables :** indescriptibles.
7. **Cadavéreuse :** qui tient du cadavre.
8. **Caducité :** vieillesse.
9. **Blafarde :** pâle.
10. **Exhumé :** dans le sens ici de « qui a l'air d'être déterré ».
11. **S'y déformer :** s'y défigurer, dénaturer.
12. C'est en effet un lieu commun de la littérature que de comparer Paris à un enfer.

DOCUMENT 4

AUGUSTE RENOIR, *Le Bal du Moulin de la Galette* (1876) → voir image en 2e de couverture et lecture d'image en page 187

Plusieurs poèmes en prose de Baudelaire évoquent, en totalité ou en partie, une atmosphère de fête et de détente : « Un plaisant » (poème 4), « Les Veuves » (poème 13), « Le Vieux Saltimbanque » (poème 14) et « Le Joueur généreux » (poème 29). Cette atmosphère de fête se retrouve dans un célèbre tableau d'Auguste Renoir (1841-1919) : Le Bal du Moulin de la Galette *(1876) à Montmartre. Renoir fut l'ami d'Édouard Manet puis de Claude Monet. Il exposa chez Nadar en 1874 lors de la première exposition des impressionnistes. Son tableau jette un regard sympathique sur cette foule dans laquelle Baudelaire aimait se fondre.*

DOCUMENT 5

ÉMILE ZOLA, *Au Bonheur des dames* (1883) ♦ chapitre 15

Dans Au Bonheur des dames, *Zola retrace la naissance, le développement et le triomphe d'un « grand magasin », comme la capitale allait en compter à la fin du XIXe siècle et au début du XXe siècle. Selon ses propres termes, Zola a voulu faire de son roman un « poème de l'activité moderne ». Voici la foule qui se presse le jour de l'inauguration du « Bonheur des dames ».*

Cependant, trois heures sonnaient à l'horloge qui surmontait la porte. C'était l'écrasement de l'après-midi, près de cent mille clientes s'étouffant dans les galeries et dans les halls. Dehors, des voitures stationnaient, d'un bout à l'autre de la rue du Dix-Décembre[1] ; et, du côté de l'Opéra[2], une autre masse profonde occupait le cul de sac, où devait s'amorcer la future avenue. De simples fiacres[3] se mêlaient aux coupés[4] de maître, les cochers attendaient parmi les roues, les rangées de chevaux hennissaient, secouaient les étincelles de leurs gourmettes[5], allumées de soleil. Sans cesse, les queues

1. **Rue du Dix-Décembre :** percée en 1868-1869, cette rue est aujourd'hui la rue du Quatre-Septembre. Elle était ainsi appelée en référence à l'élection de Louis-Napoléon Bonaparte à la présidence de la République, le 10 décembre 1848.

2. Tout le roman se passe dans le quartier, alors très moderne, de l'Opéra, aujourd'hui Opéra Garnier (du nom de son architecte).

3. **Fiacres :** voitures à cheval louées à l'heure ou à la course.

4. **Coupés :** voitures à cheval particulières.

5. **Gourmettes :** chaînes fixant le mors dans la bouche des chevaux.

se refaisaient, au milieu des appels des garçons, de la poussée des bêtes, qui, d'elles-mêmes, serraient la file, tandis que des voitures nouvelles, continuellement, s'ajoutaient aux autres. Les piétons s'envolaient[1] sur les refuges par bandes effarouchées, les trottoirs étaient noirs de monde, dans la perspective fuyante de la voie large et droite[2]. Et une clameur montait entre les maisons blanches[3], ce fleuve humain roulait sous l'âme de Paris épandue, un souffle énorme et doux, dont on sentait la caresse géante.

DOCUMENT 6

GUILLAUME APOLLINAIRE, *Alcools* (1913) ♦ « Zone », coll. « Poésie/Gallimard »,

Comme Charles Baudelaire, Guillaume Apollinaire (1880-1918) est un « promeneur solitaire ». De Paris, il célèbre toutefois la modernité, la simplicité et même la beauté du quotidien, dans lesquelles lui semble désormais résider la poésie. « Zone » qui ouvre son principal recueil poétique Alcools *en est l'exemple.*

À la fin tu es las de ce monde ancien

Bergère ô tour Eiffel le troupeau des ponts bêle ce matin[4]

Tu en as assez de vivre dans l'antiquité grecque et romaine

Ici même les automobiles ont l'air d'être anciennes[5] [...]

Tu[6] lis les prospectus les catalogues les affiches qui chantent tout haut
Voilà la poésie ce matin et pour la prose il y a les journaux
Il y a les livraisons[7] à 25 centimes pleines d'aventures policières[8]
Portraits des grands hommes et mille titres divers

---

1. S'envolaient : le verbe fait image pour s'appliquer aux « bandes effarouchées » de piétons, comme s'il s'agissait de moineaux.
2. C'est-à-dire la rue du Quatre-Septembre allant de la place de la Bourse à l'Opéra.
3. Maisons blanches : immeubles haussmanniens, neufs et modernes.
4. Ce vers fait peut-être allusion à un tableau du peintre Marc Chagall (1887-1985), *Paris par la fenêtre* (1913).
5. Les carrosseries, souvent en bois, des premières voitures avaient souvent la forme des carrosses que tiraient les chevaux.
6. Tu : le poète s'adresse à lui-même.
7. Livraisons : numéros des revues qui sont « livrés » à date régulière (toutes les semaines, tous les mois, etc.).
8. De nombreuses revues publiaient des feuilletons policiers ; Apollinaire appréciait beaucoup les aventures de *Fantômas* (1911) des deux auteurs Souvestre et Allain.

J'ai vu ce matin une jolie rue dont j'ai oublié le nom
Neuve et propre du soleil elle était le clairon
Les directeurs les ouvriers et les belles sténo-dactylographes[1]
Du lundi matin au samedi soir quatre fois par jour y passent
Le matin par trois fois la sirène y gémit[2]
Une cloche rageuse y aboie vers midi
Les inscriptions des enseignes et des murailles
Les plaques les avis à la façon des perroquets criaillent
J'aime la grâce de cette rue industrielle
Située à Paris entre la rue Aumont-Thiéville et l'avenue des Ternes[3] [...]

1. Sténo-dactylographes : secrétaires pratiquant la sténographie (écriture abrégée et simplifiée, à base de signes, permettant une prise rapide de notes) et la dactylographie (l'usage de la machine à écrire). Apparu en 1908, le mot est nouveau dans la langue française quand Apollinaire écrit ce poème.

2. La sirène y gémit : pour indiquer l'embauche.

3. Cette rue se situe dans le XVIIe arrondissement de Paris.

Le spleen ou le mal de vivre

Le Spleen de Paris *se place sous le signe de la mélancolie et, plus généralement du « mal de vivre ». En anglais, dont il provient, le mot « spleen » désigne à la fois la rate et la mélancolie, en vertu d'une très ancienne théorie médicale, la « théorie des humeurs », qui plaçait dans la rate le dégout de tout. Baudelaire n'invente ni le mot qui apparaît en France dès le* XVIII*e* *siècle ni la notion. Le « spleen », « mal du siècle », cher aux romantiques, est de toutes les époques.*

DOCUMENT 7

ALBRECHT DÜRER, *Melancholia* (1514) → voir image en 3e de couverture et lecture d'image en page 187

Le peintre graveur Albrecht Dürer (1471-1528) a gravé sur une plaque de cuivre une image du spleen, avant l'heure, qu'il intitula Melancholia. *Cette gravure est importante dans la mesure où elle suggère les deux sens que la mélancolie a longtemps possédés : la difficulté d'atteindre au génie et la tristesse qui en découle.*

DOCUMENT 8

DENIS DIDEROT, *Lettres à Sophie Volland* (1760) ♦ lettre 49

Le très rationaliste Denis Diderot (1713-1784) confie dans une lettre à son amie Sophie Volland être victime de ce qu'il appelle le « spline » ou encore « les vapeurs anglaises ».

Je sens depuis vingt ans un malaise général, plus ou moins fâcheux[1] ; je n'ai jamais la tête libre. Elle est quelquefois si lourde que c'est comme un poids qui vous tire en devant, et qui vous entraînerait d'une fenêtre dans la rue, ou au fond d'une rivière, si on était sur le bord. J'ai des idées noires, de la tristesse et de l'ennui ; je me trouve mal partout, je ne veux rien, je ne saurais vouloir, je cherche à m'amuser et à m'occuper, inutilement ; la gaieté des autres m'afflige, je souffre à les entendre rire ou parler. Connaissez-vous cette espèce de stupidité[2] ou de mauvaise humeur qu'on éprouve en se réveillant après avoir trop dormi ? Voilà mon état ordinaire, la vie m'est en dégoût ; les moindres variations dans l'atmosphère me sont comme des secousses violentes ; je ne saurais rester en place, il faut que

1. Fâcheux : gênant.

2. Stupidité : hébétement.

j'aille sans savoir où. C'est comme cela que j'ai fait le tour du monde. Je dors mal, je manque d'appétit, je ne saurais digérer, je ne suis bien que dans un coche[1]. Je suis au rebours des autres : je me déplais à ce qu'ils aiment ; j'aime ce qui leur déplaît ; il y a des jours où je hais la lumière, d'autres fois elle me rassure, et si j'entrais subitement dans les ténèbres je croirais tomber dans un gouffre. Mes nuits sont agitées de mille rêves bizarres.

DOCUMENT 9

FRANÇOIS-RENÉ DE CHATEAUBRIAND, *René* (1802) ♦ extrait

Chateaubriand (1768-1848) analyse et popularise le « mal du siècle » qui sera le « mal » par excellence des générations romantiques. Paru en 1802 dans la première édition du Génie du Christianisme, *puis rattaché en 1805 à l'histoire d'*Atala, René *tient à la fois de l'autobiographie et du roman. Mélancolique et rêveur, le héros, René, voyage pour échapper à l'ennui qui le submerge puis s'installe à la campagne. Son « mal » n'y fait qu'empirer.*

Hélas ! j'étais seul, seul sur la terre[2] ! Une langueur[3] secrète s'emparait de mon corps. Ce dégoût de la vie que j'avais ressenti dès mon enfance, revenait avec une force nouvelle. Bientôt mon cœur ne fournit plus d'aliment à ma pensée, et je ne m'apercevais de mon existence que par un profond sentiment d'ennui.

Je luttai quelque temps contre mon mal, mais avec indifférence et sans avoir la ferme résolution de la vaincre. Enfin, ne pouvant trouver de remède à cette étrange blessure de mon cœur, qui n'était nulle part et qui était partout, je résolus de quitter la vie.

Prêtre du Très-Haut[4], qui m'entendez, pardonnez à un malheureux que le ciel avait presque privé de la raison. J'étais plein de religion, et je raisonnais en impie[5] ; mon cœur aimait Dieu, et mon esprit le méconnaissait ; ma conduite, mes discours, mes sentiments, mes pensées, n'étaient que contradiction, ténèbres, mensonges. Mais l'homme sait-il bien toujours ce qu'il veut, est-il toujours sûr de ce qu'il pense ?

1. Coche : grande voiture tirée par des chevaux, pouvant transporter plusieurs personnes.
2. René vient de déplorer de n'être aimé d'aucune femme.
3. Langueur : dépression, manque d'énergie.
4. Très-Haut : Dieu, que René appelle l'Éternel.
5. En impie : en incroyant.

DOCUMENT 10

ALFRED DE VIGNY, *Stello* (1832) ♦ chapitre 2, « Symptômes »

Ce « mal », Stello, héros éponyme du roman d'Alfred de Vigny (1797-1863), l'éprouve à son tour, mais sous une forme différente.

Or, il faut le dire hautement, depuis ce matin j'ai le spleen, et un tel spleen, que tout ce que je vois, depuis qu'on m'a laissé seul, m'est en dégoût profond. J'ai le soleil en haine et la pluie en horreur. Le soleil est si pompeux, aux yeux fatigués d'un malade, qu'il semble un insolent parvenu ; et la pluie ! ah ! de tous les fléaux qui tombent du ciel, c'est le pire à mon sens. Je crois que je vais aujourd'hui l'accuser de ce que j'éprouve. Quelle forme symbolique pourrais-je donner jamais à cette incroyable souffrance ? [...]

Eh bien, mon ami[1], sachez donc qu'à cette heure où une affliction secrète a tourmenté cruellement mon âme, je sens autour de mes cheveux tous les Diables de la migraine qui sont à l'ouvrage sur mon crâne pour le fendre [...]. Redoutables enfants du chagrin, que vous ai-je fait ? – Laissez-moi, Démons glacés et agiles, qui courez sur chacun de mes nerfs en le refroidissant et glissez sur cette corde comme d'habiles danseurs ! Ah ! mon ami, si vous pouvez voir sur ma tête ces impitoyables Farfadets[2], vous concevriez à peine qu'il me soit possible de supporter la vie !

DOCUMENT 11

CHARLES BAUDELAIRE, *Les Fleurs du mal* (1857) ♦ « Spleen »

Les Fleurs du mal *renferment quatre poèmes intitulés « Spleen », appartenant tous à la section du recueil, « Spleen et Idéal ». Voici le dernier de la série.*

Spleen

Quand le ciel bas et lourd pèse comme un couvercle
Sur l'esprit gémissant en proie aux longs ennuis,
Et que de l'horizon embrassant tout le cercle
Il nous verse un jour noir plus triste que les nuits ;

1. Mon ami : le docteur Noir à qui Stello, accablé de tristesse, se confie pour être guéri des « Diables bleus » – images du spleen – qui le hantent.

2. Farfadets : esprits déraisonnables.

Quand la terre est changée en un cachot humide,
Où l'Espérance, comme une chauve-souris,
S'en va battant les murs de son aile timide
Et se cognant la tête à des plafonds pourris ;

Quand la pluie étalant ses immenses traînées
D'une vaste prison imite les barreaux,
Et qu'un peuple muet d'infâmes araignées
Vient tendre ses filets au fond de nos cerveaux,

Des cloches tout à coup sautent avec furie
Et lancent vers le ciel un affreux hurlement,
Ainsi que des esprits errants et sans patrie
Qui se mettent à geindre[1] opiniâtrement[2].

– Et de longs corbillards, sans tambours ni musique,
Défilent lentement dans mon âme ; l'Espoir,
Vaincu, pleure, et l'Angoisse atroce, despotique,
Sur mon crâne incliné plante son drapeau noir.

DOCUMENT 12

CHARLES BAUDELAIRE, *Le Spleen de Paris* (1869) ♦ « À une heure du matin », p. 25

À la différence des Fleurs du mal, Le Spleen de Paris *ne renferme aucun poème spécifiquement intitulé « Spleen ». Mais plusieurs poèmes l'évoquent, comme dans « À une heure du matin ».*

1. Geindre : se plaindre.

2. Opiniâtrement : obstinément.

Le poète dans la ville | SUJET D'ÉCRIT 1 |

Objets d'étude : Du romantisme au surréalisme • Écriture poétique et quête de sens

DOCUMENTS

- **BOILEAU,** ***Satires*** (1666), « Satire 6 » → doc 1, p. 173
- **BAUDELAIRE,** ***Le Spleen de Paris*** (1869), « Les Foules » → doc 3, p. 29
- **APOLLINAIRE,** ***Alcools*** (1913), « Zone » → doc 6, p. 177

QUESTIONS SUR LE CORPUS

1 Quels sentiments éprouve le poète dans chacun des trois poèmes ?

2 De quelle manière chacun des trois poètes traduit-il l'impression de la foule ?

TRAVAUX D'ÉCRITURE

Commentaire (séries générales)

Vous ferez le commentaire du document 3, « Les Foules » de Baudelaire, p. 29.

Commentaire (séries technologiques)

Vous ferez le commentaire du document 6, « Zone » d'Apollinaire (p. 177), en vous aidant des pistes de lecture suivantes :
– montrez que la foule décrite est celle d'une ville moderne ;
– indiquez quels rapports peuvent exister entre le titre (« Zone ») et le corps du poème.

Dissertation

Pensez-vous que l'écriture poétique soit la mieux à même d'exprimer la vie des « villes énormes » ?

Vous répondrez à cette question de façon organisée en vous appuyant sur des exemples précis.

Sujet d'invention

Sur le modèle d'Apollinaire (« Zone », document 6, p. 177) ou de Boileau (« Satire 6 », p. 173), écrivez un poème (en prose ou en vers) sur les problèmes de circulation dans une grande ville.

La difficulté d'être

| SUJET D'ÉCRIT 2 |

Objets d'étude : Du romantisme au surréalisme • Écriture poétique et quête de sens

DOCUMENTS

- **DIDEROT, *Lettre à Sophie Volland*** (1760), lettre 49 → doc 8, p. 179
- **CHATEAUBRIAND, *René*** (1802) → doc 9, p. 180
- **BAUDELAIRE, *Le Spleen de Paris*** (1869), « À une heure du matin » → doc 12, p. 25

QUESTIONS SUR LE CORPUS

1 Quelle origine chacun des trois auteurs attribue-t-il à son mal de vivre ?

2 Quelle description, physique ou morale, chacun d'eux en donne-t-il ?

TRAVAUX D'ÉCRITURE

Commentaire (séries générales)

Vous ferez le commentaire du document 9, extrait de *René,* de Chateaubriand, p. 180.

Commentaire (séries technologiques)

Vous ferez le commentaire du document 12, « À une heure du matin » de Baudelaire, p. 25, en vous aidant des pistes suivantes :
– quelle est la position de Baudelaire vis-à-vis du monde littéraire ?
– qu'est-ce que vivre pour le poète ?

Dissertation

Dans « À une heure du matin », Baudelaire écrit : « Je ne souffrirai plus que par moi-même ». Pensez-vous que la poésie entretienne trop de complaisance envers soi ?

Vous répondrez à cette question de façon organisée en vous appuyant sur des exemples précis.

Sujet d'invention

Décrivez l'état d'esprit d'un insomniaque.

Vous vous attacherez à décrire les raisons de l'insomnie. Quelles pensées peuvent alors traverser l'esprit ? Quelles sensations peuvent paraître la nuit beaucoup plus longues que de coutume ?

Une allégorie sociale | SUJET D'ORAL 1 |

• **BAUDELAIRE, *Le Spleen de Paris***, « Le Joujou du pauvre » → p. 47

PROBLÉMATIQUE

Les deux enfants, l'un riche, l'autre pauvre, ne sont pas dépeints pour eux-mêmes, mais pour les réalités sociales qu'ils représentent. Ce poème est donc une allégorie sociale et politique.

ORGANISATION DU POÈME

Le poème comporte deux parties : la première est une réflexion de portée générale : « Je veux donner l'idée d'un divertissement innocent » ; la seconde en est l'illustration à travers un cas particulier : « Sur une route, derrière la grille d'un vaste jardin... »

La fin du poème nuance considérablement cette opposition des deux mondes. Sans pour autant disparaître, celle-ci laisse en effet transparaître une fraternité du rire et de l'innocence, comme si le monde de l'enfance ignorait (au moins un instant) les barrières du monde adulte.

QUESTION

En quoi les « barreaux » de la grille sont-ils « symboliques » ?

Pour vous aider à répondre

Telle une frontière, la grille sépare deux espaces géographiques : le château et son parc d'un côté ; et, de l'autre, la route et l'herbe folle des champs. La topographie symbolise la ségrégation sociale. Celle-ci est l'occasion pour Baudelaire de décrire (après Victor Hugo par exemple) la misère des enfants, qui n'ont d'autres « jouets » que des rats.

COMME À L'ENTRETIEN

1 Quelles autres figures d'enfants apparaissent dans *Le Spleen de Paris* ?

2 Pourquoi l'adjectif « *égale* » est-il imprimé en italiques ?

3 Dans quelle mesure l'enfant pauvre peut-il apparaître comme un double du poète ?

Pourquoi voyager ?

| SUJET D'ORAL 2 |

• **BAUDELAIRE, *Le Spleen de Paris*,** « Le Port » → p. 102

PROBLÉMATIQUE

Ce poème est un tableau (au sens pictural du terme) et une allégorie philosophique.

ORGANISATION DU POÈME

La description du port, avec « l'architecture mobile des nuages, les colorations changeantes de la mer, le scintillement des phares », relève d'une esthétique qui est impressionniste. Cette description est par ailleurs encadrée par l'évocation de la lassitude du poète. Le poème en prend une coloration philosophique : le poète, fatigué mais plus expérimenté que les autres, sait la futilité de l'activité humaine.

QUESTION

Pourquoi le poète qualifie-t-il d'« aristocratique » le « plaisir » qu'il éprouve à contempler le port ?

Pour vous aider à répondre

Le poète contemple le « port » depuis une hauteur. Cette position est à la fois celle d'un observateur (le port est aperçu en contrebas, le point de vue est donc plongeant) et d'un moraliste : à quoi bon toute cette agitation, « ce désir de voyager ou de s'enrichir » ?

COMME À L'ENTRETIEN

1 Dans quels autres poèmes en prose apparaissent les thèmes de la mer et des nuages ?

2 Quels sont, dans les poèmes en prose que vous connaissez, les « voyages » les plus merveilleux qui soient pour le poète ?

3 Dans *Fusées* (1851), Baudelaire écrit : « Ces beaux et grands navires, imperceptiblement balancés sur les eaux tranquilles, ces robustes navires, à l'air désœuvré, ne nous disent-ils pas dans une langue muette : quand partons-nous pour le bonheur ? » Cette phrase vous paraît-elle s'appliquer au poème « Le Port » ?

Les deux sens de la mélancolie

DOCUMENT | LECTURE 1 |

• **ALBRECHT DÜRER,** ***Melancholia*** (1514) ♦ 2e de couverture et présentation en page 179

QUESTIONS

1 Qui est, d'après vous, représenté ?

2 Distinguez les deux parties de cette gravure. Que représentent-elles ?

3 Quelle est l'attitude du personnage représenté ?

Un divertissement populaire

DOCUMENT | LECTURE 2 |

• **AUGUSTE RENOIR,** ***Le Bal du moulin de la Galette*** (1876) ♦ 3e de couverture et présentation en page 176

QUESTIONS

1 Distinguez précisément les trois plans du tableau.

2 Décrivez les costumes des femmes comme des hommes. Qu'en déduisez-vous ?

3 Décrivez les différentes actions des personnages représentés.

LISTE DES POÈMES

6 Abbé Prévost
Manon Lescaut

41 Balzac
Le Chef-d'œuvre inconnu
Sarrasine

47 Balzac
Le Colonel Chabert

11 Balzac
La Duchesse de Langeais
Ferragus - La Fille aux yeux d'or

53 Balzac
La Femme de trente ans

3 Balzac
La Peau de chagrin

34 Balzac
Le Père Goriot

73 Barbey d'Aurevilly
Le Chevalier des Touches

42 Barbey d'Aurevilly
Les Diaboliques

20 Baudelaire
Les Fleurs du mal
Mon cœur mis à nu

61 Baudelaire
Le Spleen de Paris (Petits Poèmes en prose) suivi d'une **anthologie sur le poème en prose**

55 Beaumarchais
Le Barbier de Séville

15 Beaumarchais
Le Mariage de Figaro
Essai sur le genre dramatique

83 Brisville (J.-C)
Le Souper

59 Chateaubriand
René

51 Corneille
Le Cid

2 Corneille
L'Illusion comique et autres textes sur **le théâtre dans le théâtre**

87 Corneille
Médée suivi d'une **anthologie sur le mythe de Médée**

38 Diderot
Jacques le Fataliste

66 Diderot
Supplément au Voyage de Bougainville

80 Durringer
Ex-voto

62 Flaubert
L'Éducation sentimentale

17 Flaubert
Madame Bovary
Un cœur simple

44 Flaubert
Trois Contes

4 Hugo
Le Dernier Jour d'un condamné et autres textes sur **la peine de mort**

60 Hugo
Hernani

21 Hugo
Ruy Blas

8 Jarry
Ubu roi

5 Laclos
Les Liaisons dangereuses

14 Lafayette (Mme de)
La Princesse de Clèves
La Princesse de Montpensier

70 La Fontaine
Fables

78 Laroui
De quel amour blessé

82 Anthologie
Écrire, publier, lire

75 Marivaux
Les Acteurs de bonne foi

50 Marivaux
La Double Inconstance

46 Marivaux
L'Île des Esclaves

12 Marivaux
Le Jeu de l'amour et du hasard
L'Épreuve

30 Maupassant
Bel-Ami

52 Maupassant
Le Horla et autres nouvelles fantastiques

18 Maupassant
Nouvelles

27 Maupassant
Pierre et Jean suivi de **trois nouvelles réalistes**

40 Maupassant
Une vie et autres **récits de destins de femmes**

48 Mérimée
Carmen - Les Âmes du purgatoire

74 Mérimée
Lokis

1 Molière
Dom Juan

19 Molière
L'École des femmes
La critique de l'École des femmes

25 Molière
Le Misanthrope et autres textes sur **l'honnête homme**

9 Molière
Le Tartuffe ou l'Imposteur
Lettre sur la comédie de l'Imposteur

86 Montaigne
Essais
et autres textes
sur **la question de l'homme**

45 Montesquieu
Lettres persanes

81 Musset
Les Caprices de Marianne

10 Musset
Lorenzaccio et autres textes sur **la question politique**

54 Musset
On ne badine pas avec l'amour

35 La poésie
française au XIXe siècle

26 Rabelais
Pantagruel - Gargantua

1 Racine
Andromaque

22 Racine
Bérénice

45 Racine
Britannicus

7 Racine
Phèdre

64 Rimbaud
Poésies
(Poésies - Une saison en enfer Illuminations)

PAPIER À BASE DE FIBRES CERTIFIÉES

Hatier s'engage pour l'environnement en réduisant l'empreinte carbone de ses livres. Celle de cet exemplaire est de :
450 g éq. CO_2
Rendez-vous sur www.hatier-durable.fr

Achevé d'imprimer par Grafica Veneta à Trebaseleghe - Italie
Dépôt légal : 96667-5/01 - Mars 2013